Melhores Contos

BERNARDO ÉLIS

Direção de Edla van Steen

Melhores Contos

BERNARDO ÉLIS

Seleção de
Gilberto Mendonça Teles

São Paulo
2015

© Maria Carmelita Fleury Curado, 1994
4ª Edição, Global Editora, São Paulo 2015

Jefferson L. Alves – diretor editorial
Gustavo Henrique Tuna – editor assistente
Flávio Samuel – gerente de produção
Flavia Baggio – coordenadora editorial
Deborah Stafussi – assistente editorial
Fernanda B. Bincoletto – revisão
Eduardo Okuno – projeto gráfico
Luciano Queiroz/Shutterstock – foto de capa

Obra atualizada conforme o
NOVO ACORDO ORTOGRÁFICO DA LÍNGUA PORTUGUESA.

CIP-BRASIL. CATALOGAÇÃO NA FONTE
SINDICATO NACIONAL DOS EDITORES DE LIVROS, RJ

E42b
4. ed.

Élis, Bernardo, 1915-1997
Melhores contos Bernardo Élis / Bernardo Élis; direção de Edla van Steen; [seleção Gilberto Mendonça Teles] – 4. ed. – São Paulo: Global, 2015.

ISBN 978-85-260-2221-8

1. Élis, Bernardo, 1915-1997. 2. Conto brasileiro. I. Título.

15-24583 CDD: 869.98
  CDU: 821.134.3(81)-8

Direitos Reservados

global editora e distribuidora ltda.
Rua Pirapitingui, 111 – Liberdade
CEP 01508-020 – São Paulo – SP
Tel.: (11) 3277-7999 – Fax: (11) 3277-8141
e-mail: global@globaleditora.com.br
www.globaleditora.com.br

Colabore com a produção científica e cultural.
Proibida a reprodução total ou parcial desta obra
sem a autorização do editor.

Nº de Catálogo: **1487.POC**

Gilberto Mendonça Teles (Bela Vista de Goiás, GO, 1931) é formado em Direito e Letras Neolatinas e possui os títulos de Doutor em Letras e Livre-Docente em Literatura Brasileira. Tem ainda diploma de especialização em Língua Portuguesa pela Universidade de Coimbra. É professor emérito da PUC-RJ e professor permanente do Programa de Pós--Graduação em Letras da PUC-GO.

Em 1989 recebeu, pelo conjunto de sua obra, o prêmio Machado de Assis, da Academia Brasileira de Letras. A sua poesia, até 1986, está publicada em *Hora aberta*, terceira edição de *Poemas reunidos*, de 1979. Esta Editora publicou os seus *Melhores poemas*, selecionados por Luiz Busatto.

Entre os seus livros de crítica estão: *Drummond, a estilística da repetição* (1970), *Camões e a poesia brasileira* (1973), *Retórica do silêncio – I* (1979), *Estudos de poesia brasileira* (1985), *Vanguarda europeia e modernismo brasileiro* (1972), e hoje na 32ª edição.

SUMÁRIO

A síntese su/realista de Bernardo Élis – Gilberto Mendonça Teles 8

Ermos e gerais, 1944
A mulher que comeu o amante 18
Nhola dos Anjos e a cheia do Corumbá 22
O caso inexplicável da orelha de Lolô 27

Caminhos e descaminhos, 1965
Em que o mistério da conveniência explica a conveniência do mistério 37
Ontem, como hoje, como amanhã, como depois 45

Veranico de janeiro, 1966
A enxada 56
Rosa 79

Apenas um violão, 1984
Joãoboi 94
Explosão demográfica 106

Contos esparsos, 1987
A lavadeira chamava-se pedra 110
Noite de São Lourenço 115

Inéditos, 1992
A resplandecente porta verde 122
Conversas de véspera de ano-bom 126

Biografia 130
Bibliografia 131

A SÍNTESE SU/REALISTA DE BERNARDO ÉLIS

O recurso à metáfora, na crítica, costuma às vezes desviar a objetividade da explicação científica, generalizando-a, sintetizando-a numa imagem que, se não for lida em profundidade, corre o risco de perder a sua possível eficácia. Daí o cuidado e, ao mesmo tempo, a tentação de se recorrer a um símile: a narrativa é como um rio, talvez ainda o velho rio de Heráclito, o mesmo e sempre diferente, histórico e a-histórico simultaneamente.

É com esta imagem que tentamos compreender o processo de transformação da narrativa brasileira (conto, novela, romance, crônica) na primeira metade deste século: um rio cultural, estirado entre as origens orais (e indiretamente escritas) de um passado colonial, luso-brasileiro, e uma foz que se alarga ou se fecha nos nossos horizontes culturais. Continuamente surgem "afluentes" e de quando em quando há "represas": um escritor que tem o talento (o saber, a audácia, o virtuosismo) de sintetizar na sua nova obra as várias tendências em voga, dando-lhes atualidade e uma nova função estética, quase sempre estranha à expectativa literária da época.

A narrativa de Machado de Assis ocupou, digamos, a margem "direita" desse rio: com a sua linguagem elitizada desembocou triunfalmente no século XX, reunindo em si a força de toda uma tradição culta de temas e de técnicas que ele soube criar ou transformar, elevando a ficção brasileira ao ponto mais alto da narrativa em língua portuguesa. Na margem "esquerda", fluía a obra meio esquecida de Arthur Azevedo, desdobrando-se em pequenos contos de estrutura anedótica, em vários contos em versos, em inúmeras cenas de teatro, de *vaudevilles*, nas quais se misturavam popularmente todas as formas de expressão da linguagem cotidiana e até da linguagem clássica, mas carnavalizada com propósitos humorísticos. Em 1908, com a morte dos dois escritores, fecha-se um modo de ser desses dois tipos de narrativa que encantou o leitor culto e serviu de distração para o leitor popular de todos os tempos.

Um ano depois, Lima Barreto inicia a elaboração de outra barragem, quer dizer, de outro processo de síntese na concepção e na maneira mestiça de construir a sua narrativa, misturando a tradição erudita com a popular, como se ao estilo sublime de Machado de Assis se ajuntassem os componentes do estilo simples de Arthur Azevedo, na tentativa de se obter um estilo médio, uma tonalidade narrativa mais adequada ao momento de transformação crítica da cultura brasileira.

Está aí, nessa primeira década do século XX, o centro transformador da literatura brasileira, o momento em que a angústia e o desejo da modernidade (que vai crescer com a geração de 1893) começam a documentar-se na narrativa, na poesia e na crítica, aproximando a literatura da linguagem coloquial, pondo-a em contato com as expressões regionais e procurando assim atingir um público maior. Era o caminho para a revolução estética dos modernistas de 1922.

A narrativa modernista, vista de perfil, põe à mostra a retomada de algumas linhas-fonte, como a de Machado de Assis, cujas *Memórias póstumas de Brás Cubas* servem de modelo às *Memórias sentimentais de João Miramar*, de Oswald de Andrade; a de Arthur Azevedo nos contos de Alcântara Machado; a de Lima Barreto nos primeiros contos de Mário de Andrade; a de Adelino Magalhães nas tendências surrealizantes de *Macunaíma* e, mais tarde, nos romances de Jorge de Lima; e, finalmente, a recuperação da retórica realista como em *A bagaceira* e, depois, nos romances de Rachel de Queiroz, Jorge Amado, José Lins do Rego e Amando Fontes.

Deixamos em destaque o nome de Graciliano Ramos, por ver na sua obra a primeira grande síntese de todos esses processos narrativos. Se Mário de Andrade conseguiu com a sua rapsódia de 1928 atingir o ponto mais alto da experimentação vanguardista na ficção, Graciliano Ramos vai operar a mais perfeita fusão das formas tradicionais com o sentido de renovação concentrando-se nos seus três primeiros romances, a partir de 1933, na exploração da metalinguagem narrativa, revelando a sua concepção literária através dos desnudamentos, do ir e vir entre um tema que se quer narrar e a sua melhor maneira de o fazer.

Ora, Bernardo Élis vai estrear com *Ermos e gerais* em 1944, seis anos depois de Graciliano Ramos haver escrito o seu último romance, o único aliás em que não questiona a própria linguagem, concebendo-o a partir de um conto e dando sua linguagem a secura pertinente ao tema das *Vidas secas*. O livro do escritor goiano assume deliberadamente a forma do conto e rompe corajosamente com a tradição nordestina do romance de 1930, trazendo novamente à cena a temática regional e, pela linguagem e pela técnica modernizante, criando no Centro do Brasil uma obra estranha e original.

Este estranhamento pode ser visto na luta entre o velho e o novo na estruturação do seu livro, no equilíbrio conseguido na distribuição dos contos: dos vinte contos de *Ermos e gerais*, dez possuem estrutura tradicional, com começo, meio e fim, mas revigorados pelo tema e pela linguagem, como "Nhola dos Anjos e a cheia do Corumbá", "André Louco", "A mulher que comeu o amante", "A crueldade benéfica de Tambiú", "Um assassinato por tabela", "O Louco da Sombra", "A Virgem Santíssima do quarto de Joana", "O Diabo Louro", "O papagaio" e "As Morféticas"; e os dez outros são contos de corte moderno, com jeito de crônicas, mais descrição que narração ou então sugerindo mais que descrevendo e com imagens surrealistas que apontam para o estranho e para o fantástico, numa bela negatividade que leva de imediato à poesia. São contos com títulos enormes, que se denominam "Um duelo que ninguém viu", "Papai Noel ladrão", "O menino que morreu afogado", "Cenas de esquina depois da chuva", "Trecho de vida", "O caso inexplicável da orelha de Lolô", "O engano do Seu Vigário", "Noite de São João", "O erro de Sá Rita" e "Pai Norato". A respeito desse lado surrealista na obra de Bernardo Élis falaremos mais adiante.

Por agora preferimos expor as nossas tentativas de leitura e releitura da obra de Bernardo Élis, ao longo de trinta e oito anos. Colocamo-nos assim na posição de um leitor "privilegiado" que, como no famoso soneto, sete vezes tentou (e mais tentara...) ler, compreender, interpretar a obra desse escritor goiano que, por força de sua linguagem e de sua temática e pela excelência de sua técnica de narrar, é também um sintetizador das tendências literárias na década de 1940, abrindo caminho para as grandes experimentações de Guimarães Rosa.

Em outubro de 1956, no jornal *O Festival*, editado pela esquerda de Goiás, escrevemos nosso primeiro artigo sobre a obra de Bernardo Élis, falando, não sobre os seus *Ermos e gerais*, de 1944, mas sobre o seu romance *O tronco* que acabava de sair. Fazendo um paralelo com o seu livro de contos, dissemos:

Bernardo pôs aos olhos do público brasileiro as cenas mais duras e reais vividas em nosso Estado, numa linguagem própria, revelando em cada um dos contos as afirmações do seu talento.

E a respeito do romance dissemos que:

> Há cenas vibrantes, movimentadas e muitas vezes chocantes, de um realismo nem sempre agradável. O autor soube dar aos fatos as proporções que eles realmente mereciam. (...) Há muita poesia em certos trechos, principalmente nos capítulos da fuga, às margens do rio Palma. (...) O autor retrata bem a pronúncia da região limítrofe com o Estado da Bahia. É uma pronúncia característica e gostosa: *dôidio*, *muitiu*, *ôitio*... ainda que nem sempre coerentemente transcrita.

Em 1964, em *A poesia em Goiás*, falamos de *Primeira chuva*, o único livro de poemas de Bernardo Élis, publicado em 1955. Afirmamos que ele foi:

> o primeiro dentre nós a refletir influência da linguagem de Bandeira e Mário de Andrade, escrevendo poemas cujo objetivo era mais provocar do que encantar o público leitor. Apegou-se aos poemas-piada, adotou soluções antipoéticas e procurou carrear para o seu poema toda uma linguagem revolucionária que ele soube utilizar para o aproveitamento de temas regionais, de cor local e humanos, que muitas vezes escandalizavam os leitores da época.

A seguir, dizíamos que o escritor "acabou por encontrar na prosa o elemento com que melhor se identificou para a recriação artística da realidade goiana" e fazíamos ligeiras observações críticas sobre os seus dois livros de ficção até então publicados:

> Paisagista admirável, Bernardo Élis redescobriu as possibilidades artísticas das nossas cidadezinhas do interior, da nossa gente do campo, dos nossos costumes, enfim, da vida burguesa e proletária das classes sociais goianas.

Em 1966, num artigo em *O Popular*, Goiânia, em homenagem à publicação de *Caminhos e descaminhos* e de *Veranico de janeiro*, procuramos mostrar o processo evolutivo da estilística de Bernardo Élis, reexaminando toda sua obra e, a respeito dos dois últimos livros de contos, escrevendo:

> Se o primeiro (*Caminhos e descaminhos*), passado quase despercebido, nos revela o artista cioso e consciente do seu ofício, procurando a adoção de novas técnicas, a experimentação de novas estruturas narrativas e o manejamento de uma *linguagem* estilisticamente atualizada, o segundo (*Veranico de janeiro*), embora ambicioso nas experimentações, nos põe novamente em contato com o escritor de preocupação social, praxista na sua filosofia literária e agnóstico no caracterizar a vida e a alma das suas personagens, como aqueles farrapos humanos de "A enxada".

E terminamos dizendo que a obra de Bernardo Élis "é uma realidade indestrutível, possui a sua coerência interna e as suas potencialidades de beleza. É atual na temática e no procedimento artístico".

Em *O conto brasileiro em Goiás*, de 1969, escrevemos um capítulo com o título de "O testemunho literário de *Ermos e gerais*", com sete páginas dedicadas à obra de Bernardo Élis. Chamamos aí, a atenção para a linguagem do seu primeiro livro, sentindo-a bastante adequada à transmissão dos

> estágios econômico-sociais do homem rural, bem como os preconceitos tradicionais dos vilarejos e a trama quase anônima da luta pela vida.

Mas a preocupação maior nesse capítulo foi traçar um paralelo entre a obra de Bernardo Élis e a de Hugo de Carvalho Ramos, com as suas *Tropas e boiadas*, de 1917:

> Cada autor foi testemunha de sua época: a obra de Hugo, refletindo pela primeira vez a vida larga e desconhecida do sertão goiano, num período em que o Brasil se preparava para a revolução literária de 1922 e para a revolução política de 1930; a de Bernardo Élis, fixando agora os quadros de miséria e de resignação do homem, num tempo de reivindicações, quando o Brasil caminha a passos largos na conscientização de seus inúmeros problemas sociais.

Tivemos, no entanto, oportunidade de mais uma vez tentar uma visão crítica de toda a sua narrativa até aquela data.

Em 1974, na *Seleta de Bernardo Élis*, voltamos à comparação com Hugo de Carvalho Ramos, aprofundando o problema do estilo e anotando:

> Mas se existe aproximação estilística entre os dois autores, o certo também é que, paradoxalmente, é pelo estilo que eles se distanciam nas suas individualidades criadoras. Se o impressionismo de Hugo o leva aos períodos sensivelmente musicais, com o predomínio das orações subordinadas, da construção verbal, em Bernardo o que predomina é aquele estilo veni-vidi-vici de que fala Helmut Hatzfeld, com a direta, incisiva; as imagens rápidas, agressivas e, como tônica geral de toda a sua obra, o fio negro, desumano, de um humor às avessas que eletriza o espírito como uma faísca de horror.

Em agosto de 1979, voltamos a publicar em *O Popular* outro artigo sobre a obra de Bernardo Élis, a propósito de sua antologia *Caminhos dos gerais*, aparecida em 1975. Daí o título do nosso artigo: "Dos Ermos aos Caminhos dos gerais". Nele escrevemos que, revendo outra vez toda a obra de Bernardo Élis, fomos tocados agora

> pelo vigor das transformações que aparecem quando se comparam as figuras do discurso narrativo, não só de conto a conto, mas de livro a livro. São transformações de ordem técnica e revelam o acervo de conhecimentos retóricos sabiamente manipulados pelo escritor.

A partir daí tomamos dois exemplos de procedimentos técnicos na trilogia de contos: *Ermos e gerais*, *Caminhos e descaminhos* e *Veranico de janeiro*. O primeiro desses exemplos diz respeito ao narrador e está ligado à concepção que o escritor tem do conto:

> O narrador de *Ermos e gerais* procede de maneira bem diferente do narrador dos outros livros. Ele narra como se estivesse contando oralmente o que acabara de ouvir. Por trás de cada conto está a estrutura de uma *estória* ou de um causo, quando não de uma lenda ou de um mito. É uma estrutura simples que suporta uma narração também simples e por isso contada com as técnicas da narrativa oral.

E é esse sentido de oralidade que determina a ressonância linguística do coloquialismo que marca as falas do narrador e das personagens, já que o espaço entre as duas estâncias se vê praticamente eliminado.

O segundo tipo de procedimento diz respeito à variação de outras figuras da narrativa, como a descrição, o ponto de vista, o espaço, o tempo e a própria configuração das personagens, além da variação da perspectiva ideológica com que os temas são abordados de livro para livro. Dissemos na conclusão que

> uma análise abrangente da trilogia de Bernardo Élis revela não só a coerência de sua obra como põe à mostra toda a *performance* artística desse escritor que vem construindo no interior do Brasil uma das obras mais sólidas da literatura brasileira.

E acrescentamos:

> Uma obra que não é simplesmente documento social, mas símbolo da nossa própria transformação cultural. E, como todo símbolo, apontando ao mesmo tempo para duas realidades: a dos *ermos*, que ainda existem; e a dos *caminhos* que revelam a vida e a saída dos "gerais", onde, segundo um poema de *Sociologia goiana*, dizemos que "Ainda/ há índios".*

Recentemente, em junho de 1994, na conferência em que se comemorava o cinquentenário da publicação de *Ermos e gerais*, procuramos desenvolver algumas observações sobre as imagens surrealistas nesse livro. Partimos da premissa de que o "Segundo Manifesto do Surrealismo", de 1930, abriu para o intelectual latino-americano, principalmente para os de esquerda, não só a possibilidade, mas o estímulo à produção de uma literatura engajada. A contradição não resolvida de André Breton, misturando psicanálise e marxismo, não foi totalmente assimilada pelo escritor brasileiro que, ou a disfarçou

---

* Os artigos até aqui mencionados estão hoje reunidos em *Estudos goianos II* (A crítica e/ou o princípio do prazer). Goiânia: Editora da UFG, 1995.

para fugir à polícia do Estado Novo, ou a modificou, adaptando-a à realidade cultural do Brasil, com mais da metade de analfabetos em torno da Segunda Guerra Mundial. O resultado foi que a teoria surrealista, sobretudo na prosa, tomou o sentido do absurdo, do poético, do estranho e até do fantástico metido no meio de um discurso que se queria, antes de tudo, autenticamente realista. Daí o inesperado de uma imagem surrealista na planície realista de Bernardo Élis, ainda mais chocante, e bela, porque nascida como uma flor vermelha do sentido cruel do seu regionalismo.

Não é preciso temer o juízo de Pitigrilli, para quem "Um crítico que não souber ver um cavalo galopando num tomate é um perfeito imbecil", para ficar desvairado atrás de imagens surrealistas em Bernardo Élis. Elas aparecem naturalmente, mas sem quebrar a lógica da narrativa. É como uma borboleta: pousa aqui, ali e acolá ou, na sua linguagem, "Ontem, como hoje, como amanhã, como depois"... Mas é uma imagem mitigada, destinada a criar um estranhamento poético, não para negar a situação dramática, mas para acentuá-la pelo contraste com o sentido utópico do que poderia ter sido, se outras fossem as condições sociais.

Ainda que o procedimento se documente em toda a obra de Bernardo Élis, é em *Ermos e gerais* que ele adquire mais realce, adequando-se admiravelmente à ambiguidade cultural dos primeiros anos da década de 1940, quando o escritor sentia a necessidade (às vezes patrulhada) da participação e, ao mesmo tempo, temia a censura política do DIP. As incursões surrealistas eram um meio de participar e "mostrar" que não participava, uma vez que as imagens pareciam disfarçar o que, na verdade, mais acentuavam.

Um corte vertical em *Ermos e gerais* põe à mostra os diferentes níveis de manifestação dessas imagens: da esfera da palavra à frase, com a figura introduzindo o extraordinário, o anormal, o estranho, o absurdo, o misterioso e o fantástico diante da verossimilhança externa, realista, contraforte lógico do livro. Se chega a contaminar uma parte do discurso, é sempre em oposição ao tom realista que prevale, a não ser em "O caso inexplicável da orelha de Lolô". Cremos que esse processo se revela também no ritmo dos títulos dos contos, passando daí à estruturação de todo o livro, num andamento rítmico em que o tradicional se vê interrompido pela intromissão de uma narrativa nova, mas de tal forma que os vinte contos do livro aparecem perfeitamente equilibrados entre o velho e o novo.

No primeiro conto do livro encontramos: "vozes de pesadelo, resmungo de fantasmas", "cães danados", "estranhas gargantas"; mais adiante, em "André Louco", fala-se em "coruja (...) cortando mortalha", em "alma penada", em "curupira", em "sexta-feira da paixão", em "parte com o demônio" e em "Romãozinho"; em "A mulher que comeu o amante" há um "Coisa ruim" (demônio); e em "O Louco da Sombra" o clima do estranho atinge comparações que já podemos dizer surrealistas, falando-se em "ambiente sonambulesco" e descrevendo:

> E a fumaça asfixiava a vista, matava-a ali perto da gente. Olhei para cima – um céu pardavasco de água suja, onde rolava um sol defunto de laranja podre.

No mesmo contato o leitor depara com "mãos invisíveis" que "estrangulavam moças". Mas é no conto "O caso inexplicável da orelha de Lolô" que a linguagem de Bernardo Élis atinge o cúmulo do fantástico. Através de episódios insólitos, como o da ossada da moça Branca (*"Era uma ossada humana, insepulta, amontoada. Ainda me lembra que um rato romântico passeava no tórax vazio. No meu assombro sincero, pareceu-me que era o coração que batia: – O coração ainda palpita, Anízio?!"*), o narrador vai preparando o espírito do leitor, com "crueldade e candidez", para o episódio final da caixinha que guardava a orelha seca do negro que tinha violado a moça Branca:

> E de repente, de dentro da caixinha, veio saindo mornamente a orelha. Estava inchada, negra, entumescida. Andava na ponta dos seus grossos cabelos, como as aranhas, bamboleando mornamente o corpo nas pernas. Marchava com uma cadência morosa, inexorável – um passo estudado e cinematográfico.

Aliás, o próprio título do livro, *Ermos e gerais*, lido um pouco fora dos dicionários, aponta para a dupla "realidade" que contraponteia toda a ficção de Bernardo Élis: conto, crônica e romance. As duas palavras podem até ser tomadas inicialmente como sinônimas, num adensamento semântico de "lugar desabitado e escondido". Mas *ermo* também se aplica psicologicamente, designando o que é voltado para dentro: o singular dos nossos abismos, medos, superstições, sonhos e loucuras, temas típicos do surrealismo e frequentes na sua obra; e *gerais* designa o que é mais amplo e, por isso mesmo, mais comum nos vastos campos do Planalto Central, na zona limítrofe entre Goiás, Minas e Bahia.

O título sintetiza (ou reduz) as duas vertentes, as duas "veredas" de realismo e surrealismo que se misturam numa linguagem verdadeiramente su/realista, que descreve ou, antes, recria a realidade e, simultaneamente, a subverte, denunciando-a em face de outra menos injusta, que o leitor conhece, e vive. A narração envolve essa realidade numa atmosfera de medo, de ignorância e de miséria que só faz acentuar o sentido mais profundo da *realidade literária*, que não é nem descrição nem reflexo da sociedade, mas uma parte dela: a sua parte inquieta e sombria, seu grito de angústia, seu esforço para solidificá-la e transformá-la, como na bela concepção de Jacques Le Goff.

Gilberto Mendonça Teles

ERMOS E GERAIS
1944

A MULHER QUE COMEU O AMANTE

Era nas margens de um afluente do Santa Teresa, esse rio brumoso de lendas que desce de montanhas azuis, numa inocente ignorância geográfica. Januário fez um ranchinho aí.

Viera de Xiquexique, na Bahia. Era velho, enxuto de carnes e de olhar vivo de animal do mato.

Ele deixou a velha, sua mulher, em Xiquexique e fugiu com uma mocinha quase menina. Ergueu o rancho de palha naquele lugar brutalizado pela paisagem amarga e áspera. No fundo do rancho, ficava uma mataria fechada. Pra lá do mato, espiando pro riba dele, as serras sempre escuras. Naquele caixa-prego acumulavam-se as nuvens que o vento arrecadava em seu percurso pelo vale e que iam coroar de branco os altos picos.

Quando ventava forte mesmo, a serra pegava a roncar, a urrar soturnamente feito sucuris, feito feras.

Januário todo ano derribava um taco daquele mato diabolicamente ameaçador e fazia sua rocinha. No mais, era só armar mundéu para pegar quantos caititus, quantas pacas, quantos bichos quisesse.

Na frente da casa (isto é, na parte que convencionalmente chamavam frente, pois o ermo corria pra qualquer banda), bastava descer uma rampa e jogar o anzol nágua para ter peixe até dizer chega.

Havia um remanso escuramente frio, onde as águas viscosas se estuporavam em lerdo torvelim, ajuntando folhas, garranchos. Aí, se a gente metia um trapo vermelho, retirava-o cheio de piranhas. É que esses peixes fanáticos por carne, por sangue, cuidavam ser logo algum trem de comer e ferravam os dentes navalhantes na baeta.

Uma vez, Januário ainda tinha a lazarina, pregou um tiro num veado. O cujo caiu nágua, mas não chegou nem a afundar-se. O poço brilhou no brilho pegajoso de mil escamas e tingiu-se de rubro. Depois, quando a água se limpou mais, a ossada do veado ficou alvejando higienicamente limpa no fundo do rio.

O baiano é andejo de natureza. Pois aí mesmo, nesse calcanhar do juda, nesse lugar que apresentava uma beleza heroicamente inconsciente de suicídio – aí mesmo, apareceu um conterrâneo de Januário. De Xiquexique, também.

Disse que estava "destraviado", e podia ser mesmo, porque por aqueles ocos só havia trilhos indecisos de antas e de gado brabeza.

O extraviado chamava-se José-Izé da Catirina (Catirina era a mãe dele. Tinha parentesco com Camélia, a caseira de Januário.

De noitinha, eles reuniram-se em torno do fogo. O primo contou novas da terra: que os filhos de Januário estavam demorando em Canavieiras; que o padre Carlos, aquele alemão que andava de bicicleta, tinha brigado com o Juiz; que o povo agora não achava outro para ir pra lá etc. Falou em casamentos, namoros, noivados etc. etc. Januário cochilava confiadamente, como um cachorro bem alimentado, rabujento e velho.

Camélia, que já tinha sido namorada de Izé, olhava-o agora com uma doçura de anjo.

O vento bravio resmungava lá nas grutas perdidas da serra imensa. E havia estalidos fantásticos de onça nas brenhas traiçoeiras daquela mataria virgem.

Camélia vestia uns farrapos de chita sobre o corpo jovem e elástico. Não gostava de vestir algodão e já ia para quase dois anos que Januário não voltava ao povoado para comprar coisa, alguma.

Ela confessou ao primo que se arrependera demais da fuga:

– Ele tá veiu, intojado... e deixou no ar uma reticência que saiu cheirando a amor e a ruindade de sua boca desejosa. Ela queria dizer que estava com saudade de vestir vestido bonito, calçar chinelos, untar cabelo com brilhantina cheirosa. Queria beber café e comer sal.

Aliás, no sertão, nos ermos brasileiríssimos, onde o saci ainda brinca de noite nas encruzilhadas, há muita gente que não come sal. Januário, por exemplo.

Mas os trapos mal tapavam as carnes da moça que ardiam lascivas através dos buracos dos tecidos, como uma brasa divina de pecado. As pernas fortes, tostadas, mal encobertas, aumentavam o desejo do Izé, que era uma navalha na valsa.

Até para isso as mulheres sabem ajeitar os panos!

O velho também já não dava conta do recado. Só faltava pedir ao novato que tomasse conta daquela diaba vampiresca. O rapaz, porém, achou que o amor teria um sabor mais ácido se fosse firmado sobre o túmulo do velho.

Era questão de ponto de vista. Podia matar sumariamente que ninguém saberia jamais. Mas ele já se viciara com a justiça. Precisava achar uma desculpa, um pé qualquer para justificar seu crime e começou a nutrir um ódio feroz pelo velho.

Foi Camélia que propôs um dia: – Bamo matá o cujo?

De tarde, o velho estava agachado, santamente despreocupado, cochilando na porta do rancho, quando o primo deu um pulo em cima dele, e numa mão de aloite desigual, sojigou o bruto, amarrou-lhe as mãos e peou-o. O velho abriu os olhos inocente e perguntou que brinquedo de cavalo que era aquele.

– Que nenhum brinquedo, que nada, seu cachorro! ocê qué me matá, mais in antes de ocê me jantá eu te armoço, porqueira. Vou te tacá ocê pras piranhas comê, viu!

Januário pediu explicação: – apois se é pra móde a muié ocê num carece de xujá sua arma. Eu seio que ocês tão viveno junto e num incomodo ocês, mas deixa a gente morrê quando Deus fô servido. – Depois fez uma careta medonha e seus olhos murchos, cansados, encheram-se de lágrimas, que corriam pela barba branca e entravam na boca contraída.

O moço, porém, falava com uma raiva convicta, firme, para convencer a si mesmo da necessidade do ato:

– Coisa ruim, cachorro, farso.

A covardia, a fraqueza do velho davam-lhe força, aumentavam a sua barbaridade. E foi daí que ele carregou Januário e o atirou ao poço, entre os garranchos e as folhas podres.

Uma lágrima ainda saltou e caiu na boca de Camélia que estava carrancuda e quieta atrás do primo. Ela teve nojo, quis cuspir fora, mas estava com tanta saudade de comer sal que resolveu engulir.

O corpo de Januário deu uns corcovos elegantes, uns arrancos ágeis; depois uns passos engraçados de cururu ou de recortado e se confundiu com o sangue, com os tacos de porcaria.

Já de tardinha, Camélia teve a feliz lembrança de preparar uma janta para festejar o grande dia. Foi aos mundéus, vazios. Parece até que era capricho. Então pegou no trapo de baeta e foi ao rio. Ia pescar piranhas no "cardeirão", como chamava ao remanso.

Chegando lá, mostrou pro primo: – Vigia só, Izé. É que no fundo do rio, entre os garranchos, estava o esqueleto limpinho, alvo, do Januário. Tão branco que parecia uma chama. As mãos amarradas ainda pareciam pedir perdão a alguém, a Deus talvez.

A caveira ria cinicamente, mostrando os dentes sujos de sarro, falhados pela velhice, com um chumaço de barba na ponta do queixo, formando um severíssimo cavanhaque de ministro do 2º império.

De vez em quando a água bolia e o esqueleto mexia-se mornamente, como se estivesse negaceando os criminosos. A caveira ria na brancura imbecil dos dentes sarrentos.

Camélia era prática. Atirou a baeta nágua, pegou logo uma dúzia de piranhas fresquinhas.

Quando estavam comendo os peixes assados no borralho, ela "alegre ponderou que nunca havera comido piranha tão gostosa:

– A mó que tão inté sargada, Izé!

O primo sentiu aquele calafrio e riu amarelo, só com o beiço em cima. Ficou banzando: – e se daí a alguns dias a prima resolvesse comer piranha salgada novamente, quem será que ia pro poço?

Perto, no pindaibal do brejo, os pássaros-pretos estavam naquela alegria bonita, cantando.

NHOLA DOS ANJOS E A CHEIA DO CORUMBÁ

— Fío, fais um zoio de boi lá fora pra nois.

O menino saiu do rancho com um baixeiro na cabeça, e no terreiro, debaixo da chuva miúda e continuada, enfincou o calcanhar na lama, rodou sobre ele o pé, riscando com o dedão uma circunferência no chão mole – outra e mais outra. Três círculos entrelaçados, cujos centros formavam um triângulo equilátero.

Isto era simpatia para fazer estiar. E o menino voltou:

— Pronto, vó.

— O rio já encheu mais? – perguntou ela.

— Chi! tá um mar dágua. Qué vê, espia, – e apontou com o dedo para fora do rancho. A velha foi até à porta e lançou a vista. Para todo lado havia água. Somente para o sul, para a várzea, é que estava mais enxuto, pois o braço do rio aí era pequeno. A velha voltou para dentro arrastando-se pelo chão, feito um cachorro, cadela, aliás: era entrevada. Havia vinte anos apanhara um "ar de estupor" e desde então nunca mais se valera das pernas, que murcharam e se estorceram.

Começou a escurecer nevroticamente. Uma noite que vinha vagarosamente, irremediavelmente, como o progresso de uma doença fatal.

O Quelemente, filho da velha, entrou. Estava ensopadinho da silva. Dependurou numa forquilha a caroça, – que é a maneira mais analfabeta de se esconder da chuva, – tirou a camisa molhada do corpo e se agachou na beira da fornalha.

— Mãe, o vau tá que tá sumino a gente. Este ano mesmo, se Deus ajudá, nois se muda.

Onde ele se agachou, estava agora uma lagoa, da água escorrida da calça de algodão grosso.

A velha trouxe-lhe um prato de folha e ele começou a tirar, com a colher de pau, o feijão quente da panela de barro. Era um feijão brancento, cascudo, cozido sem gordura. Derrubou farinha de mandioca em cima, mexeu e pôs-se a fazer grandes capitães com a mão, com que entrouxava a bocarra.

Agora a gente só ouvia o ronco do rio lá embaixo – ronco confuso, rouco, ora mais forte, ora mais fraco, como se fosse um zum-zum subterrâneo.

A calça de algodão cru do roceiro fumegava ante o calor da fornalha, como se pegasse fogo.

Já tinha pra mais de 80 anos que os dos Anjos moravam ali na foz do Capivari no Corumbá. O rancho se erguia num morrote a cavaleiro de terrenos baixos e paludosos. A casa ficava num triângulo, de que dois lados eram formados por rios e o terceiro por uma vargem de buritis. Nos tempos de cheias os habitantes ficavam ilhados, mas a passagem da várzea era rasa e podia-se vadear perfeitamente.

No tempo da guerra do Lopes, ou antes ainda, o avô de Quelemente veio de Minas e montou ali sua fazenda de gado, pois a formação geográfica construíra um excelente apartador. O gado, porém, quando o velho morreu, já estava quase extinto pelas ervas daninhas. Daí para cá foi a decadência. No lugar da casa de telhas, que ruiu, ergueram um rancho de palhas. A erva se incumbiu de arrasar o resto do gado e as febres as pessoas.

– "Este ano, se Deus ajudá, nois se muda". Há 40 anos a velha Nhola vinha ouvindo aquela conversa fiada. A princípio fora seu marido: – "Nois precisa de mudá, pruquê senão a água leva nois". Ele morreu de maleita e os outros continuaram no lugar. Depois era o filho que falava assim, mas nunca se mudara. Casara-se ali: tivera um filho; a mulher dele, nora de Nhola, morreu de maleita. E ainda continuaram no mesmo lugar a velha Nhola, o filho Quelemente e o neto, um biruzinho sempre perrengado.

A chuva caía meticulosamente, sem pressa de cessar. A palha do rancho porejava água, fedia a podre, derrubando dentro da casa uma infinidade de bichos que a sua podridão gerava. Ratos, sapos, baratas, grilos, aranhas, – o diabo refugiava-se ali dentro, fugindo à inundação que aos poucos ia galgando a perambeira do morrote.

Quelemente saiu ao terreiro e olhou a noite. Não havia céu, não havia horizonte – era aquela coisa confusa, translúcida e pegajosa. Clareava as trevas o branco leitoso das águas que cercavam o rancho. Ali pras bandas da vargem é que ainda se divisava o vulto negro e malrecortado do mato. Nem uma estrela. Nem um pirilimpo. Nem um relâmpago. A noite era feito um grande cadáver, de olhos abertos e embaciados. Os gritos friorentos das marrecas povoavam de terror o ronco medonho da cheia.

No canto escuro do quarto, o pito da velha Nhola acendia-se e apagava-se sinistramente, alumiando seu rosto macilento e fuxicado.

– Ocê bota a gente hoje im riba do jirau, viu? – pediu ela ao filho. Com essa chuveira de dilúvio tudo quanto é mundice entra pro rancho e eu num quero drumi no chão não.

Ela receava a baita cascavel que inda agorinha atravessou a cozinha numa intimidade pachorrenta.

Quelemente sentiu um frio ruim no lombo. Ele dormia com a roupa ensopada, mas aquele frio, que estava sentindo, era diferente. Foi puxar o baixeiro e nisto esbarrou com água. Pulou do jirau no chão e a água subiu-lhe ao umbigo. Sentiu um aperto no coração e uma tonteira enjoada. O rancho estava viscosamente iluminado pelo reflexo do líquido. Uma luz cansada e incômoda que não permitia divisar os contornos das coisas. Dirigiu-se ao jirau da velha. Ela estava agachada sobre ele, com um brilho aziago do olhar.

Lá fora o barulhão confuso, subterrâneo, sublinhado pelo uivo de um cachorro.

– Adonde será que tá o chulinho?

Foi quando uma parede do rancho começou a desmoronar. Os torrões de barro do pau a pique se desprendiam dos amarrilhos de embiras e caíam nágua com um barulhinho brincalhão – tchibungue – tibungue. De repente, foi-se todo o pano de parede. As águas agitadas vieram banhar as pernas inúteis de mãe Nhola:

– Nossa Senhora d'Abadia do Muquem!
– Meu Divino Padre Eterno!

O menino chorava aos berros, tratando de subir pelos ombros da estuporada e alcançar o teto. Dentro da casa, boiavam pedaços de madeira, cuias, coités, trapos e a superfície do líquido tinha umas contorsões diabólicas de espasmos epiléticos, entre as espumas alvas.

– Cá, nego, cá, nego – Nhola chamou o chulinho que vinha nadando pelo quarto, soprando a água. O animal subiu ao jirau e sacudiu o pelo molhado, trêmulo, e começou a lamber a cara do menino.

O teto agora começava a desabar, estralando, arriando as palhas no rio, com um vagar irritante, com uma calma perversa de suplício. Pelo vão da parede desconjuntada podia-se ver o lençol branco, – que se diluía na cortina diáfana, leitosa do espaço repleto de chuva, – e que arrastava as palhas, as taquaras da parede, os detritos da habitação. Tudo isso descia em longa fila, aos mansos boléus das ondas, ora valsando em torvelinos, ora parando nos remansos enganadores. A porta do rancho também ia descendo. Era feita de paus de buritis amarrados por embiras.

Quelemente nadou, apanhou-a, colocou em cima a mãe e o filho, tirou do teto uma ripa mais comprida para servir de varejão, e lá se foram derivando, nessa jangada improvisada.

– E o chulinho? – perguntou o menino, mas a única resposta foi mesmo o uivo do cachorro.

Quelemente tentava atirar a jangada para a vargem, a fim de alcançar as árvores. A embarcação mantinha-se a coisa de dois dedos acima da superfície das águas, mas sustinha satisfatoriamente a carga. O que era o preciso era alcançar a margem, agarrar-se aos galhos das árvores, sair por esse único ponto mais próximo e mais seguro. Daí em diante o rio pegava a estreitar-se entre barrancos atacados, até cair na cachoeira. Era preciso evitar essa passagem, fugir dela. Ainda se se tivesse certeza de que a enchente houvesse passado acima do barranco e extravasado pela campina adjacente a ele, podia-se salvar por ali. Do contrário, depois de cair no canal, o jeito era mesmo espatifar-se na cachoeira.

– E o mato? – perguntou engasgadamente Nhola, cujos olhos de pua furavam o breu da noite.

Sim. O mato se aproximava, discerniam-se sobre o líquido grandes manchas, sonambulescamente pesadas, emergindo do insondável – deviam ser as copas das árvores. De súbito, porém, a sirga não alcançou mais o fundo. A correnteza pegou a jangada de chofre, fê-la tornear rapidamente e arrebatou-a no lombo espumarento. As três pessoas agarraram-se freneticamente aos buritis, mas um tronco de árvore que derivava chocou-se com a embarcação, que agora corria na garupa da correnteza.

Quelemente viu a velha cair n'água, com o choque, mas não pôde nem mover-se: procurava, por milhares de cálculos, escapar à cachoeira, cujo rugido se aproximava de uma maneira desesperadora. Investigava a treva, tentando enxergar os barrancos altos daquele ponto do curso. Esforçava-se para identificar o local e atinar com um meio capaz de os salvar daquele estrugir encapetado da cachoeira.

A velha debatia-se, presa ainda à jangada por uma mão, desprendendo esforços impossíveis por subir novamente para os buritis. Nisso Quelemente notou que a jangada já não suportava 3 pessoas. O choque com o tronco de árvore havia arrebentado os atilhos e metade dos buritis havia-se desligado e rodado. A velha não podia subir, sob pena de irem todos para o fundo. Ali já não cabia ninguém. Era o rio que reclamava uma vítima.

As águas roncavam e cambalhotavam espumejantes na noite escura que cegava os olhos, varrida de um vento frio e sibilante. A nado, não havia força capaz de romper a correnteza nesse ponto. Mas a velha tentava energicamente trepar novamente para os buritis, arrastando as pernas mortas que as águas metiam por baixo da jangada. Quelemente notou que aquele esforço da velha estava fazendo a embarcação perder a estabilidade. Ela já estava quase abaixo das águas. A velha não podia subir. Não podia. Era a morte que chegava abraçando Quelemente com o manto líquido das águas sem-fim. Tapando a sua respiração, tapando seus ouvidos, seus olhos, enchendo sua boca de água, sufocando-o, sufocando-o, apertando sua garganta. Matando seu filho, que era perrengue e estava grudado nele.

Quelemente segurou-se bem aos buritis e atirou um coice valente na cara aflissurada da velha Nhola. Ela afundou-se para tornar a aparecer presa ainda à borda da jangada, os olhos fuzilando numa expressão de incompreensão e terror espantado. Novo coice melhor aplicado e um tufo dágua espirrou no escuro. Aquele último coice, entretanto, desequilibrou a jangada, que fugiu das mãos de Quelemente, desamparando-o no meio do rio.

Ao cair, porém, sem querer, ele sentiu sob seus pés o chão seguro. Ali era um lugar raso. Devia ser a campina adjacente ao barranco. Era raso. O diabo da correnteza, porém, o arrastava, de tão forte. A mãe, se tivesse pernas vivas, certamente teria tomado pé, estaria salva. Suas pernas, entretanto, eram uns molambos sem governo, um estorvo.

Ah! se ele soubesse que aquilo era raso, não teria dado dois coices na cara da velha, não teria matado uma entrevada que queria subir para a jangada num lugar raso, onde ninguém se afogaria se a jangada afundasse...

Mas quem sabe ela estava ali, com as unhas metidas no chão, as pernas escorrendo ao longo do rio?

Quem sabe ela não tinha rodado? Não tinha caído na cachoeira, cujo ronco escurecia mais ainda a treva?

– Mãe, ô, mãe!

– Mãe, a senhora tá aí?

E as águas escachoantes, rugindo, espumejando, refletindo cinicamente a treva do céu parado, do céu defunto, do céu entrevado, estuporado.

– Mãe, ô, mãe! eu num sabia que era raso.

– Espera aí, mãe!

O barulho do rio ora crescia, ora morria e Quelemente foi-se metendo por ele adentro. A água barrenta e furiosa tinha vozes de pesadelo, resmungo de fantasmas, timbres de mãe ninando filhos doentes, uivos ásperos de cães danados. Abriam-se estranhas gargantas resfolegantes nos torvelinos malucos e as espumas de noivado ficavam boiando por cima, como flores sobre túmulos.

– Mãe! – lá se foi Quelemente gritando dentro da noite, até que a água lhe encheu a boca aberta, lhe tapou o nariz, lhe encheu os olhos arregalados, lhe entupiu os ouvidos abertos à voz da mãe que não respondia, e foi deixá-lo, empanzinado, nalgum perau distante, abaixo da cachoeira.

O CASO INEXPLICÁVEL DA ORELHA DE LOLÔ

O crepúsculo começou a devorar tragicamente os contornos da paisagem. O azul meigo do céu tomou uma profundidade confusa, onde estrelas surgiam como cadáveres de virgens nuas, em lagoas esquecidas.

Meu cavalo rinchou um rincho digno e honesto porque a ruína de uma cancela pulou de dentro da escuridão, como o imprevisto de uma tocaia, por entre o bamburral alto e triste. A voz irritante de um gue-gue sacudiu a pasmaceira, enquanto a gente podia divisar melhor as ruínas da fazenda, com soturnos currais de pedra seca, nessa tristeza evocativa das taperas.

– Chegamos, – disse o meu companheiro, que de certo tempo para cá vinha embrulhado num mutismo eloquente, num desses silêncios em que a boca e os ouvidos se fecham para o exterior, a fim de se escancararem mais para as vozes de dentro da gente mesmo.

— Chegamos, — tornou a dizer, talvez inconscientemente.

Uma analfabeta candeia de azeite deslizou de dentro do casarão, iluminando um rosto pelanquento.

— Bas noites.

— Ê! João, como é que vai? Recebeu meu recado?

— É o sinhô, seu Anízio? Recebi, nhor sim. O Joca me falou pra mim trás antonte.

Entramos atrás do morador, que levava a candeia suspensa acima da cabeça. Na varanda grande, em cujos cantos a luz do candeeiro amontoava sombras agonizantes, lavamos o rosto numa gamela. Uma velha trouxe café em cuitezinhos e depois de bebê-lo saímos até a porta, onde João raspava os animais. Um deles já rolava alegremente no chão, espojando-se no pó do curral, bufando de satisfação.

Como meu companheiro entrasse a conversar em assuntos de lavoura e criação com o João, fui examinar a fazenda.

Ao jantar, enquanto me afundava num pedaço de linguiça, meu companheiro perguntou:

— Então, deu um bordo pela fazenda?

— Dei sim. Tive uma dó danada de ver como vai tudo em ruína. Parece ter sido um colosso.

— Ah! no tempo do velho, hein, João! — disse o compadre, interpelando o camarada agachado na sombra e que risonho:

— Isso aqui já foi fazenda toda a vida. Agora é que seu Anízio largou de mão.

Anízio era o meu companheiro, a convite de quem viera ali. Conheci-o em Goiás, em 1931. Tinha um Ford último tipo e levava vidão. Jogador e dissoluto, era afável, liberal e canalha, como todo libertino. Era amante de uma loura — tipo enjoativo de cinema — cantora célebre em excursão pelo Brasil.

Ali foi muito aplaudida. Quem não se rendia ante o veludo de sua voz cariciosa, espatifava-se embasbacado de encontro com o imprevisto das curvas perigosíssimas de seu corpo duma lascívia desgraçada.

Nesse tempo, dizia-me Anízio: – "Na mulher a arte é bastante para redimir a prostituta; e por isso é a única forma digna de prostituição".

Entretanto, em 1939, encontrei-me com ele em Bonfim e convidou-me a ir até o sítio. Estava à toa mesmo, fomos.

Agora, estávamos no quarto de dormir da fazenda. Havia um fedor insistente de mofo. Meu amigo continuava cismarento, reinando não sei que ruindade, e em certo momento começou a falar como que consigo mesmo:

– Há vinte anos que venho passar essa noite de 10 de agosto, sozinho, neste casarão. Mas hoje, acho que é a velhice, sinto-me com medo, acovardado. Seu rosto longo e pálido tinha a tristeza inspirada dos criminosos, dos santos, dos moribundos.

– A lembrança tenebrosa de Branca, – continuou – me persegue cada vez mais, e quanto mais procuro enterrar a imagem de Branca, mais ela permanece viva na voz de toda mulher que me atrai, no corpo de toda amante que me inspira desejo, no modo de toda prostituta que me consegue acordar o apetite.

– Branca!

Esse nome, de noite, numa sala alumiada a candeeiro de azeite, em cujas paredes sangravam florões encardidos de um forro velho de papel, causou-me um terror quase sacrílego. E depois, aquele camarada, que eu supunha despido de qualquer romantismo, vir confessar um amorzinho vulgar me chocava.

– Está criando um romance para você, não é?

– Criando, não. Já existe. Talvez antes de mim, porque antes dele eu não era o que sou hoje. Ele, portanto, existe e só é preciso que o conheçam. – Tomou uma atitude excessivamente cômica de trágico fracassado, pegou prosaicamente na candeia, abriu a porta de outra sala e mostrou-me quatro retratos pendentes da parede.

Era um barbudão sisudo, com uma comenda no peito – pai dele. Uma senhora de grandes bandôs negros – mãe dele. Um rapaz de uma magreza piedosa de penitente – irmão falecido aos 16 anos. E o retrato de uma moça.

Eu já ia dando ao semblante a expressão aduladora, sem vergonha e convencional para as apresentações, mas impressionou-me a sombra de fatalismo mórbido que marcava os traços doces e desbotados do último retrato.

Seus lábios carnudos palpitavam ainda de mentira e de piedade, por uma ruga sutilíssima de desdém e abnegação.

– Essa é Branca, – disse-lhe eu, antes dele. Anízio fixou-me insistentemente, como se dentro de sua alma duas resoluções contrárias lutassem e disse:

– Vou confessar-lhe um crime. Ninguém sabe disso, mas eu não aguento mais o desejo de o revelar. É mais do que desejo. É uma necessidade obsedante. Tenho a impressão de que só depois de todos os conhecerem, depois de todos me desprezarem, me humilharem, me condenarem, é que gozarei novamente paz, calma, estabilidade, descanso. Há vinte anos que venho vivendo sob o tormento de não esquecer um só momento esse crime, a fim de defender-me de qualquer acusação, a fim de não levantar suspeitas, nem trair-me. É um inferno. Preciso livrar-me disso, espremer esse tumor.

O rosto de Anízio clareava num prazer masoquista: – Quero contar-lhe tudo. Reviver minha dor. Abriu outra porta e entramos numa capela. Entre cangalhas velhas e cadeiras quebradas estava um crucifixo. O Cristo agonizante tinha no rosto uma divina expressão de perdão. Anízio, porém, não lhe deu confiança, abriu um alçapão e descemos a escada. Era uma verdadeira cova. Fria, mofada, fedorenta a latim. Atravessamos um corredor escuro e chegamos a uma porta que estava trancada. Anízio rodou a chave, que devia ser gigantesca, mas não era, e penetramos numa sala pequena, baixa.

– Era aqui que meu avô ensinava os negros.

Um correntão inútil e enferrujado escorregava do tronco fincado no meio da sala. Depois, a um canto, branquejou alguma coisa. Quando nos aproximamos mais e eu pude ver direito, senti uma coisa ruim, pelos nervos. Era uma ossada humana, insepulta, amontoada. Ainda me lembra que um rato romântico passeava no tórax vazio. No meu assombro sincero, pareceu-me que era o coração que batia:

– O coração ainda palpita, Anízio?!

Ele ficou duro, com o olhar desvairado, num pavor sagrado, como um médium em transe. O rato fugiu ágil, num ruído pau de ossos.

– Essa ousada foi Branca.

– Ora! – pensei comigo, ela ainda é branca; está é meio encardida, mas praticamente é branca.

Já não me sentia muito seguro e convidei:

– Vamos embora, Anízio?

Ele então deu um coice no esqueleto e nisto recuou de um salto. Corri para a saída, as pernas bambas, o coração batendo na goela; lá é que observei não saber por que fugira e resolvi perguntar o que se dera.

– Veja lá – e ele apontou para uma cobra enorme que se ia enroscando pastosamente repelente entre os ossos:

– É a alma de Branca. Deu-me um bote, mas creio não me alcançou. – disse ele examinando a canela, a botina.

Quando passávamos, já de volta, pela sala dos retratos, Anízio tomou de um estojo de madeira e, chegados ao quarto de dormir, abriu, tirando de dentro uma orelha humana. Parecia um cavaco de pau – seca, dura, preta, peluda, arrepiada. Estava muito aberta, espetando o silêncio, bebendo-o feito um funil. Havia no seu aspecto mumificado uma aparência inteligente, palpitante, tão incômoda, que Anízio a meteu de novo na caixa, talvez para afastar de si essa coisa inconveniente, enquanto narrava o sucedido.

Anízio fora criado em casa do avô, ali naquele sítio, juntamente com Branca, sua prima. Um dia, entre perfumes alcoviteiros de laranjeiras, jabuticabeiras, cafezeiros floridos, Anízio beijou longamente a prima. À revelia deles, a natureza havia desenvolvido certas glândulas e eles assim descobriam um esporte muito interessante e muito gostoso. Cada dia aumentavam temperos vários. Hoje a prima deixava pegar-lhe as coxas. Amanhã eram os peitinhos miudinhos. Outro dia havia apalpadelas entre medos e excusas emocionantes, até que o avô desconfiou da coisa e mandou o neto para o seminário de Goiás, em Ouro Fino. Durante 4 anos Anízio misturou o rosto puríssimo da Virgem Maria com a imagem deliciosa de Branca e seus sonhos se constelavam de seios pequenos, entre dolorosas e malucas poluções.

No dia em que Anízio voltou para o sítio, de noite, na varanda, o velho falou, balançando-se na rede:

– Vocês, Anízio mais Branca, devem casar. São os últimos da família que vai desaparecendo como por um castigo.

Branca baixou o rosto e de seus olhos velados ressumbrava mais aziago aquele ar de crueldade e candidez. O velho continuou mudo, seguindo o voo lerdo de algum pensamento lúgubre, com a rede rinchando.

Mais tarde, estava Anízio ainda no quarto imaginando as delícias do amor de Branca, quando a porta se abriu mansamente e ela surgiu, levemente trêmula. Ele, num assomo indecente de sinceridade, abraçou-a. Mas Branca o afastava num gesto terno de luar, como só os irmãos podem ter, e beijou-o nos cabelos:

— Anízio, quero ser sincera com você. Não podemos casar porque sou uma perdida. — Foi só o que disse e fechou a porta, desaparecendo, como uma visão de pesadelo. Anízio ficou perto da porta apalermado, espremendo as espinhas da cara, com aquela zonzura doida na cabeça, sem saber o que fazer, até que saiu à procura da prima. Chamou pelos quartos, vagueou pela casa feito uma assombração, cautelosamente, para não acordar as pessoas que dormiam. Quando deu por si, já foi com pássaros-pretos cantando nos abacateiros e barulho de gente se levantando, dando milho para os porcos, e galinhas. Belisário já gritava com as vacas nos currais, tirando o leite e o avô resmungava trepado no fogão, ralhando com a negra Etelvina. Como Branca não aparecesse para o almoço, ele perguntou ao avô por ela.

— Homem, sei lá! Ela costuma sempre sair campeando durante dias. — Comeu outras garfadas valentes e completou: — Capaz de ter ido com Lolô. Ele também sumiu...

— Com Lolô, — pensou Anízio, — será possível!

Selou, entretanto, sua besta e saiu à toa, até topar com o rancho da mãe de Lolô que lhe contou haver o filho saído na companhia de Sinhá, pras bandas da mata.

Anízio zanzou no matagal o dia inteiro. O animal já estava meio frouxo quando deu de testa com um ranchinho. Devia ter gente porque fumegava. Apeou-se e resolveu entrar. O diabo é que só tinha um punhal, mas que levasse tudo a breca.

Branca estava sentada num toco, no chão, e Lolô soprava o fogo. Mal viu o rapaz, o negro fugiu. Branca nem se levantou, continuando muito calma.

— Mas que papel, minha prima, — disse Anízio — fugir com esse moleque! Vamos voltar.

Branca balançou a cabeça: — Daqui, só pra diante. Estou cansada do velho, do sítio... Havia tal resolução em sua voz, que Anízio sentiu-se impotente, desarmado. O que começou a crescer dentro dele foi um ódio terrível ao negro. Era um desaforo um moleque fugir com sua prima, meter-se com ela no mato, fazê-la abandonar o velho!

– Que desgraçado! Merecia morrer, o desaforado!

A noite começou a borrar tudo de preto. O mato era aquela massa escura, cheia de estalidos, cheia de palpitações de silêncio, cheia de passos cautelosos no invisível. Anízio estava já longe do rancho, num emaranhado de cipós, perscrutando. Precisava avançar, mover-se. Mas se o negro estivesse mesmo ali atrás desse paulão, de tocaia, com a arma erguida, pronto para o golpe?

Quem sabe ele vinha sorrateiro como uma cobra pelas suas costas? Já um passo miúdo quebrava gravetos no mato. Aproximava-se. O sangue de Anízio batia nas têmporas, como um pilão, enchendo a quietude áspera da expectação. O passo, porém, se afastou, apagou-se no meio do farfalhar dos ramos, do chiado confuso de mil insetos ocultos. Os ouvidos do rapaz se dilatavam para beber o menor ruído; e o mínimo barulho de um graveto partido sob o peso dos pés parece que enchia todo o ermo. E a ideia do negro seduzindo a prima, gozando o seu corpo, esfregando nela seus beiços roxos gelava o sangue de Anízio. Agora estava uma coisa branca agitando-se lá adiante. Era um vulto. O rapaz saiu arrastando-se cuidadoso, ocultando-se de tronco em tronco. O vulto continuava no mesmo lugar, quase imóvel. Devia ser o negro. Não podia ser outro. Ali de onde estava, não podia ver bem, mas era próximo e ele ia pular sobre aquilo com o punhal armado, quando uma viração balançou o vulto – era um galho de embaúba.

Assentou-se num tronco para acalmar-se um pouco. Então notou que morria de sede. A saliva na boca era somente espuma, uma saliva visguenta que entalava. Se pudesse fumar! Mas isso chamaria a atenção: a claridade do fósforo, o morrão do cigarro.

A claridade do céu coava amortecida pelos ramos e dali Anízio via uma estrelinha brilhando muito longe, tão indiferente às contingências humanas...

Foi quando para cima da grota brilhou uma luz. Chispas saltavam na noite, num clarão seco e brusco de relâmpago. De certo era o negro tirando fogo no cornibo que. Anízio saiu rastejando cautelosamente. O negro estava de cócoras, fumando, investigando ansioso ao seu redor. Houve uns estalos de gravetos, um barulho de folhas e dois corpos rolaram para dentro da grota.

Ali Anízio deu a primeira punhalada no negro. Este então se ajoelhou e no escuro da noite seus dentes tinham um brilho opaco de aço de punhal:

— Num mata Iaiá, sinhozinho. Polo amô de Deus. Polo amô da mãe do sinhô que mecê num chegô nem a conhecê.

Anízio meteu novo golpe e o negro amontoou, vomitando sangue. Cá de cima do barranco, para onde saltara Anízio, ainda ouviu a voz engasgada do preto: "se mecê judiá cum ela, eu venho do inferno".

Branca continuava do mesmo jeito perto do fogo, quando Anízio voltou com a orelha de Lolô, que lhe mostrou: — É a única testemunha de sua perdição. Vamos voltar para o sítio. — Branca acedeu; aproximando-se, porém, da fazenda, perguntou ao primo:

— Você quer matar todo homem que se deitou comigo?

Ele não respondeu. Voltou para ela um rosto de estupor.

— Se for assim, só meu avô vai escapar, — concluiu.

Anízio sentia-se disposto a tudo e propôs-lhe deixar o sítio, irem para algum lugar distante, onde não fossem conhecidos, onde ninguém soubesse de sua história.

— Não, Anízio, não adianta nada, — tentou ela explicar. Nunca poderei amar você.

— Mas por que, Branca? Sou tão diferente dos outros assim?

— Eu me perdi de propósito, para não casar com você. Sonhei que era sua irmã e desde esse dia nunca mais tive sossego. Eu sei que sou sua irmã.

Anízio achou que aquilo era zombaria dela. Era uma desculpa para idiota, e, irado, trancou-a no calabouço da fazenda. De manhã, como o avô perguntasse por Branca, ele respondeu que ela havia fugido com Lolô, que era uma rapariga muitíssimo relaxada:

— Só o sr. mesmo não conhece ela, vovô. Todo homem daqui já...

A cara admirativa e incrédula do velho recostado na rede azedou de repente para ficar muito branca, muito doce. Tinha esticado a canela.

De noite, enquanto velavam o corpo do velho, que na sua seriedade macabra parecia estar assistindo ao seu próprio velório, o moço desceu ao calabouço:

— Branca, contei tudo para vovô e ele morreu de vergonha. Quer ir lá ver o defunto?

Ela balançou a cabeça.

– Deixe de besteira, Branca, vamos embora. Vou vender tudo aqui e ir embora. Não me importa sua honra. Branca, porém, muda. Só as lágrimas brotavam em seu rosto duro e desciam pelas faces.

– Vamos? – ele ainda insistiu. Ela dessa vez não respondeu. Atirou ao primo um olhar de um desprezo tão frio e tão cruel que ele não resistiu. Saiu assim meio tonto para o corredor e voltou com uma cabaça na mão:

– Sabe que é que mora aqui dentro? – perguntou-lhe. Branca sabia perfeitamente que o avô, na sua caduquice, tinha a mania de criar ali dentro um urutu.

Anízio, então, pegou a candeia de azeite, apagou-a e no escuro quebrou a cabaça contra o chão, fechando a porta do calabouço.

Eu já sentia um mal estar terrível com a narração longa e amarga do meu amigo, por isso saí até a janela. A noite rolava um dilúvio de calma. O céu, de uma beleza impossível, desmanchava-se em luar de perdão e bondade. Somente vésper, baixa no horizonte, enorme e imbecil, tinha na brancura fixa de facho uma expressão de ódio e cinismo. Anízio, porém, soltou ainda essa frase:

– Sabe? A cabaça estava vazia.

Fiquei imaginando o suplício de Branca. Sua espera angustiosa pela aproximação de uma cobra que nunca estivera ali dentro. O seu desejo de que chegasse logo o momento em que o réptil nojento a picasse. O seu terror ante a incerteza de onde estaria esse inimigo terrível. Seus ouvidos atentos, ouvindo o deslisar viscoso do animal perto de seu corpo; sentindo-o enlaçá-la; temendo mudar um passo e pisar sobre ela; receando ficar no lugar, enquanto sentia aproximar-se a urutu que não estava lá dentro.

Um barulho seco e áspero me arrancou dessas cogitações e me chamou a atenção, nem sei por que, para o lado de meu amigo, onde estava a caixinha contendo a orelha seca do negro Lolô. Era um barulho que provocava na gente uma gastura nervosa, como esse passear arrepiante das baratas nos cuités e cuiás, de noite, nas cozinhas e despensas. Estranhei, porém, a cara de meu amigo. Estava retorcida numa careta dos diabos. E de repente, de dentro da caixinha, veio saindo mornamente a orelha. Estava inchada, negra, entumescida. Andava na ponta dos seus grossos cabelos, como as aranhas, bamboleando mornamente o corpo nas pernas. Marchava com uma cadência morosa, inexorável – um passo estudado e cinematográfico.

Anízio estava lívido, cadavérico. Com o nariz afilado e transparente; os olhos interrogavam desvairados a orelha e sua boca paralisara-se aberta, num grito medonho que não chegou a articular.

Corri para a outra sala, chamando João, alguém, um socorro enfim. Ao voltar, encontrei Anízio caído de bruço no soalho.

O cadáver de Anízio inchou demais. Ficou um bolo difícil de ser transposto para Bonfim. Então, no outro dia, cedo ainda, o vaqueiro João lembrou o meio prático de fazer os cadáveres desincharem.

Botou-o numa rede e chamou os vizinhos todos para o esbordoarem. Fiquei horrorizado ante tão bárbara prática, mas não protestei. Cobri a cabeça com a coberta, e mesmo assim ainda ouvia o barulho lá no terreiro – bufe-tibufe-bufe-tibufe.

CAMINHOS E DESCAMINHOS
1965

EM QUE O MISTÉRIO DA CONVENIÊNCIA EXPLICA A CONVENIÊNCIA DO MISTÉRIO

— Toda hora tá assucedendo milagre por aí. O negócio é que a gente não sabe – afirmou o coronel Quinca Batista naquele seu modo pausado e peremptório de conversar. Tal afirmação quase esmagou a discussão que se acalorava em torno do assunto milagre, mas o Promotor de Justiça não se deu por vencido. Havia lido os argumentos de Voltaire sobre a matéria e se sentia sinceramente interessado em deslindar, para bem da humanidade, tão intrincado quão eterno e fugidio problema. Assim, retrucou que embora todo mundo falasse em milagres, ele nunca presenciara nenhum, nem nunca ouvira o testemunho de uma pessoa honesta, inteligente e que fosse digna de fé.

Nesse ponto, porém, soou o derradeiro toque para a missa do galo e o coronel se pôs de pé, no que foi seguido de todos os demais. Ao mesmo tempo, papagueando e rindo lá se iam velhas, moças e meninas rumo à igreja, pela estrada larga, sombreada de árvores, que partia da chácara do coronel até a entrada da rua.

A mulher do coronel costumava celebrar o Natal com um grande presépio muito bonito e de muito mau gosto, onde a coisa mais deliciosa era o perfume dos jasmins de S. José. Em torno do presépio reunia-se o pessoal de mais estima do coronel com suas famílias, rezando-se o terço às 10h30 da noite, servindo-se depois café com leite e bolos, e por fim, mais tarde, seguindo todo mundo para a missa. Era uma festa tradicional no lugar em que não havia nem cinema, nem teatro, nem circo, nem tão pouco bailes.

Foi, pois, a caminho da igreja, que o coronel tomou do braço do dr. Promotor e retomou o assunto, dizendo que existiam milagres, e que ele, o coronel, era seu testemunho.

— O sr., coronel!

— Sim, eu mesmo.

— Então, é ótimo. O senhor é homem inteligente, muito experiente da vida, e sei que não irá mentir, nem se deixar enganar por aparências ou ilusões. Seu testemunho é importantíssimo, coronel.

Inchado com os elogios, o homem então passou a contar. Era ele rapazinho de dezoito anos e vivia de vender tourinhos. Mas era uma verdadeira desgraça. O que ganhava num negócio, perdia adiante com a velhacaria de algum fazendeiro ou com uma picada de cobra em algum tourinho. Seu grande sonho era casar com a Carmélia, sua esposa atual, e vir para Goiás, onde as terras eram baratas, largas e boas. Mas cadê jeito de conseguir isso? Entrava ano, saía ano e a coisa sempre piorando, tanto que no Natal de 1928 o pobre moço se ajoelhou diante do altar de uma igreja de Uberaba e se pôs a chorar. Chorava de modo tão sentido e orava com tamanho fervor que nem deu fé de quando a missa findava e o povo se ia. Despertou foi com a igreja vazia: aí se ergueu meio tonto, mas teve ainda cabeça para pegar um pacote que alguém esquecera sobre o banco, ao seu lado. Contudo, como fosse tarde e como estivesse muito cansado, chegando a casa nem abriu o pacote. No outro dia muito cedo tinha que embarcar para Araguari e nem se lembrou do achado. Só em Araguari, alguns dias depois é que foi novamente topar o embrulho no bolso do paletó de casemira que pusera na mala. Abriu e dentro estavam 40 notas de quinhentos mil-réis, novinhas em folha, estalando, e tão bonitas e tão perfeitas como mão humana nenhuma nunca pudera fazer.

— Então, é ou não é um autêntico milagre? — arrematou ele meio arfante com o esforço conjunto da andada e da conversa.

Ainda não de todo convicto, o Promotor perguntou se o coronel não teria procurado saber se aquele dinheiro pertencia a alguma pessoa que tivesse estado na igreja.

— Ora, essa é muito boa, — gritou o coronel. Aí porque não pode dar-se milagre com gente da sua espécie. Vocês são uns hereges, uns maçons, uns homens sem fé. Ora, se aquele dinheiro estava ali ao meu alcance, na igreja vazia, era porque Deus foi servido de me favorecer com sua graça. Muitos são os chamados, mas poucos os escolhidos. — E como tomado de fúria, completou: — ainda querem esses hereges presenciar milagres!

– Mas, espere aí, coronel! Seu dever era procurar o padre, contar-lhe o caso, entregar-lhe o pacote. Agora, se passado, vamos dizer, um ano, ninguém procurasse o dinheiro, então o senhor seria o dono...

– Isso faria o senhor, que é um ateu, mas eu creio em Deus, eu sei que ele pode obrar milagres! – dizia o velho quase aos berros.

– Está bem, mas vamos e venhamos. Imagine que o dinheiro fosse de alguém que por ficar sem ele tenha sido arrastado à miséria, à desgraça, quem sabe talvez até à cadeia?

– Homem, você me pediu um testemunho de milagre, não foi? Pois aí está. Agora se crê ou não, isso é com o senhor.

– E o dono presumível desse dinheiro nunca apareceu?

– Não. Não sei se apareceu, nem procurei saber.

Diante de tanta convicção, inclinava-se o jovem Promotor a admitir que houvera mesmo um milagre, quando gritos, choros e clamores irrompendo na noite chamaram a atenção dos dois homens. As vozes vinham de um ranchinho desgraçado de pobre, quase caindo ali na beira de uma grota, em frente de cuja porta apinhava-se um povão curioso e vadio.

– Coronel, vamos ver que é aquilo, – disse o Promotor, mas o coronel, alegando que a missa já ia a entrar e não podia perdê-la, seguiu seu caminho. Mais por ofício, o rapaz dirigiu seus passos para o rancho, entrou e lá dentro viu uma velha caída no chão, rodeada de alguns moços e meninos, enquanto um homem meio velho, bêbado, em atitude aterradora, ameaçava destripar o primeiro que teimasse em ir à missa.

– Perdão, meu Jesus! – disseram as mulheres.

– Porque eu, – gritava o bêbado babando e batendo no peito cada murro digno de matar um judas, – porque eu não consinto que filho ou mulher minha vá a essa missa (outro palavrão)! Ato contínuo avançou para a velha caída no chão como se a quisesse esmagar, mas foi detido em seu impulso pela voz do Promotor. Para ele, voltou-se o bêbado:

– Uai,! Quem é você para mandar em minha casa, para mandar em meus filhos?

– Sou o Promotor de Justiça, ouviu!

– Que mané Promotor de Justiça! – E o bêbado caiu para cima do jovem, mas nessa altura já um soldado pulava no meio, dava uma gravata no bicho, da boca do homem escorria um filete de sangue, e o berreiro da mulher e dos filhos crescia de intensidade.

Agora os antes ameaçados estavam do lado do bêbado e pediam e imploravam ao Promotor que deixasse o homem em paz.

— Ele não é defunto sem choro, — dizia a mulher, cujas lágrimas saltavam para aqui e para ali de mistura com as lágrimas das filhas menores.

Novo e de coração ainda mole, o Promotor suspendeu a luta para ouvir a mulher que lhe contou uma história muito triste, em verdade. Contou que o marido era filho do homem mais rico e mais poderoso de todo o Noroeste de S. Paulo, o famanaz coronel Chiquinho do Possidônio, que foi dono de milhares e milhares de pés de café. Certa vez, coronel Chiquinho mandou o rapaz (bêbado atual, caído no chão, engravatado pelo praça) até Uberaba acertar um negócio.

— Compadre, meu afilhado vai a Uberaba? — chegou em casa de Possidônio um seu compadre, padrinho do bêbado, que soube da viagem.

— Vai nhor sim.

— Pois, compadre, faça o favor. Tem lá o Cazuza Rodrigues da Cunha que me deve vinte contos de réis. Toma essa promissória quitada, diga para o afilhado receber isso.

— Pois não.

— Obrigado.

O bêbado, que ainda não bebia, acertou o negócio do pai em Uberaba, e ficou só dependendo de receber os vinte contos do padrinho. No dia de Natal, na hora da missa, Cazuza Rodrigues da Cunha estourou na porta da igreja e, no sufragante, tomou a promissória e correu o dinheiro no menino, que recebeu 40 pelegas de quinhentos mil-réis das mais novinhas em folha, chega estalavam de tão novas. Embrulhou num pacote, para não dar na vista, e foi rezar uma ave-maria na igreja; daí saiu, tomou o trem no outro dia cedinho e quando chegou a Belo Horizonte, botou a mão na cabeça! — Ai, quede meu dinheiro, quede meu dinheiro! Que tomou o trem de novo pra trás, chega na pensão de Uberaba e vira e revira e nada de achar o tal pacote com os vinte contos.

Então, lhe vem na lembrança que recebera os cobres e fora rezar. Será que botou o pacote no banco? Será que botou ele no bolso? Aí a memória não ajutorava, com coisa que tinha dormido.

Por via das dúvidas, vai na igreja, mas seu padre balança a cabeça: – Não achara pacote nenhum com dinheiro, mas Deus o havia de guiar.

Contudo, tem uma dúvida e manda chamar o sacristão que conta que naquela noite a derradeira pessoa a sair da igreja tinha sido um homem assim-assim, que o nome dele não sabia, mas que parece vendia uns tourinhos de meio-sangue aí pressas bandas de Goiás.

Indagou, indagou, porém as informações eram muito vagas: – boiadeirinho pé-rapado que navegava para as bandas de Goiás; diz que embarcou para Araguari. Foi em Araguari: diz que tuchou pras bandas dos Guaiazes. Coisas.

Que o rapaz (bêbado atual) voltou para Rio Preto e conta tudo ao pai, que conta ao padrinho. Ao princípio, o padrinho aceitou a história, mas com pouco começaram a encher os ouvidos dele que aquilo estava cheirando a maroteira do moço e quando menos se esperava, olhe o processo armado. Polícia pra baixo e pra cima, xadrez com o moço, família dele sofrendo. Por aí já tinha casado e tinha até dois filhos.

De desgosto o pai, o famosíssimo coronel Chiquinho do Possidônio, morre de raiva, no que é seguido pela mulher de paixão. Os bens do coronel Possidônio que eram tantos e quantos foram tudo rapado pela justiça e pelos delegados, restando aquela família tão ourada na mais perdida das misérias. Moças foram pra bordel, outro rapaz morreu afogado no rio, o tal afilhado do dinheiro, esse deu pra beber que foi uma lazeira, como todo mundo podia ver.

Quando terminou o relato, quem chorava era o Promotor, e o soldado, os quais prometeram pelo que tinham de mais sagrado no fundo do peito que haviam de vingar a infelicidade do pobre do rapazinho (hoje, bêbado, no momento escornado nos braços do praça com a boca vertendo sangue).

– E eu sei quem é o seu algoz, minha senhora, – disse o Promotor. O homem que achou seu dinheiro vive nesta terra e... – os soluços embargaram-lhe a voz e ele saiu na maior das carreiras até chegar na igreja. Seu ímpeto era de pegar o coronel pelo colarinho ali dentro mesmo, contar tudo que ouvira, trazer o pessoal até o ranchinho, mostrar a desgraceira e em seguida fazer o coronel devolver sua riqueza ao pobre do bêbado. Entretanto, quem disse que o Promotor podia entrar! A igreja estava que era um formigueiro.

– Dá licença para o Promotor!

— Num tem licença aqui não, – disse um bêbado que acabava de vomitar nas costas de uma velha e, num átimo, deu uma culada no pobre do rapaz que por pouco ele não cai também por cima do gumito.

— Licença! Licença!

— Que licença, que nada! Ninguém se mexia e, na ponta dos pés, o Promotor ainda viu com muita raiva o diabo do coronel todo seu bão dele, vestido de opa, rezando numa contrição de romper o mais duro dos corações de Deus.

Vendo que não tinha jeito de ir até o coronel, o Promotor resolveu esperar a missa terminar e, com jeito, se assentou numa ponta de banco, entre meio meninos e cachorros, mas ali ficou matutando na ruindade desse mundo de meu Deus, pensando, pensando, imaginando que haveria de provar por a mais b que o coronel se apropriara indebitamente da quantia de vinte contos pertencentes a um pobre coitado; que por essa apropriação um jovem inocente fora tachado de ladrão, esteve na cadeia, o pai morreu de desgosto, a mãe morreu de paixão e a família perdeu todos os haveres e mais o bom nome; contaria das moças prostituídas e do desgosto do jovem injustamente inculpado que era hoje um cidadão dado ao vício da embriaguez. O Promotor jurava pela milésima vez que meteria o safado do coronel na cadeia, além de tomar todos seus bens e entregá-los ao legítimo dono, que era o bêbado.

Nesse ponto, o tino profissional teve um estremeção. "Já que ia fazer tantos benefícios ao bêbado, porque não tirar para si o que lhe era devido?" O Promotor então se lembrou de pegar a procuração do bêbado e, de par com devolver a felicidade àquela família, também ganhar para si alguma coisa que lhe permitisse uma vida segura noutro lugar.

"Ah, isso mesmo. Vida segura noutro lugar". Porque depois disso poderia ele viver na terra do coronel Quincas? É baixo! Aí o Promotor avaliou a situação com seriedade, afastando todo e qualquer sentimentalismo. "Seria possível provar que fora o coronel que se apropriara daqueles vinte contos de réis!, "Seria possível?! Homem, sei lá. Se na ocasião do fato, com todo o dinheiro do Possidônio isso não foi possível, hoje seria muito pior, hoje seria quase impossível.

Já por essas alturas, o jovem Promotor sentiu por dentro de si um medo terrível. Lembrou-se de que o coronel Quincas era o homem mais poderoso de toda aquela região, de uma honestidade e de um prestígio que se contavam pelos seus 6.000 alqueires de terra de primeira e pelos outros tantos bois. Seu Quincas era o chefe político, era suplente de senador, era homem de muitas e muitas virtudes e de muito respeito, sim senhor.

Num átimo o Promotor sentiu-se como já sendo inimigo jurado do cuera, viu-se perseguido pelo mato, roto, maltrapilho, pedindo uma esmolim polo amô de Deus, mais desgraçado do que o bêbedo e sua família; viu-se despojado de suas galas de futuroso Promotor da Justiça Pública, de futuro genro do conceituadíssimo coronel Quincas, ah, que me havia esquecido de contar e por isso peço desculpas.

O Promotor namorava com a filha do coronel Quincas, namoro firme, de casar mesmo, que a bichinha já tava ficando meio eradinha.

Viu-se, pois, privado das honrarias de dono de terra e gado, podendo até discutir livremente a existência ou não de milagres: – ai, meu Deus do céu!

A esse grito, acorreu o sacristão, que pegou o doutor Promotor em pranto de choro, levou-o para a sacristia, deu-lhe vinho. Felizmente que a igreja já estava vazia, o povo já se tinha afastado para suas casas e o Promotor pediu encarecidamente ao sacristão que não contasse nada a ninguém. Que comera muito antes da missa e tivera um pesadelo dos mais horrorosos que se podia imaginar.

– Cruz-credo!

Assim dizendo, o ilustre órgão da justiça pública, o defensor da sociedade, voou, para ver se topava com o coronel, a quem pretendia dizer uma palavrinha. É que vivera tão intensamente as ideias que imaginava houvesse chegado a comunicar aos outros e a publicar tudo aquilo que lhe viera à cabeça. Ora, se tal houvesse acontecido, estava o futuroso defensor da sociedade no mato sem cachorro. Podia mudar-se não do município, mas do Brasil, que por aqui nada mais conseguiria.

Entretanto, foi o próprio sacristão que informou já haver-se o conceituadíssimo coronel recolhido à sua chácara. O Promotor bateu para lá.

Ao passar pela casinha do bêbedo, se lembrou que dissera algo. Lembrou que havia dito que sabia que o homem que achara o pacote de dinheiro morava na cidade. Teve um profundo arrependimento de haver dito tal coisa, mas confiou em que encontraria uma desculpa para essa afirmativa, caso algum dia ela chegasse aos ouvidos do coronel. Mas, como um homem prevenido vale por dois, já foi preparando a defesa: é que na cidade moravam muitos homens e por HOMEM não era possível entender-se apenas o muito conceituado coronel Quincas. Daí, talvez por dissociação de ideias, passou a pensar que coisa muito útil seria fazer uma campanha educativa, mostrando que a pessoa não deve nunca ter dó de ninguém. Antes de ter dó, o indivíduo deve de saber se esse dó é a favor ou é contra os coronéis dos lugares. Isso evitaria muitos aborrecimentos.

Mais aliviado, bateu à porta da chácara. Uma janela se abriu e uma voz disse que viesse no outro dia, mas o Promotor se deu a conhecer e pediu uma audiência naquele instante com sua excelência o coronel Quincas:
– coisa urgente.

A janela se fechou para abrir daí a pouco e a voz tornou a perguntar:
– É assunto de política, que mal pergunte?

O Promotor pensou em dizer que não era política; que era questão de fé, de consciência, mas, mesmo não sabendo porque, disse que sim, que era política e política ligada com gente da família.

Aí abriram a porta da frente, o Promotor entrou e deparando com o coronel de camisola e cachinê na cabeça, foi logo lhe dizendo em altos brados: – O milagre existe, coronel. Eu estava na igreja e se operou o milagre.

O coronel nem se lembrava da conversa de horas antes e por isso, muito estúrdio, perguntou admirado: – que qui é mesmo?

– Existe o milagre, coronel, eu me converti. Eu agora acredito no milagre do seu dinheiro.

– Ora sebo! – disse o coronel de má sombra. Acordar a gente a essas horas, botar a gente pra fora da cama em tempo de pegar uma gripe, pra mode dizer um trem sem pé nem cabeça. Que vá curti tua cachaça nas pedras de fogo, miserável!

Contudo, no outro dia, pela boca do sacristão, a notícia de mais um milagre corria mundo.

ONTEM, COMO HOJE, COMO AMANHÃ, COMO DEPOIS

Lesma, cobra, bicho danado que ia deslizando, escorregando, viscoso e frio, lambendo o barranco, mordendo as areias, pastando o capim das estrelas; ora azul como o céu, ora faiscante ao sol e fogo, já imitando o azougue nas noites em que o luar é o próprio silêncio escorrendo; fumaça que se levanta da queimada de mato virgem e se perde na lonjura do horizonte, confundindo-se com o céu embaciado de agosto; – para onde iria o Tocantins?

Descia, descia sem nunca parar, engrossava mais ainda, virava mar que banhava o Rio de Janeiro, Bahia e Europa, nem sei que mais, que aqui a ideia do cabo Sulivero não dava mais e ele baralhava os minguados conhecimentos geográficos.

Donde viria o rio?

Do fundo fofo da mata, onde as borboletas adejam lampejos azuis, vagos e sonsos; do alto da serra, onde a canela-de-ema é um gesto de sede; das pesadas nuvens de chuva esfiapando-se nas pontas de serra; fiapinho de prata merejando numa encosta, ao pé de buritis e samambaias, uma pocinha aqui na piçarra, outra maiorzinha mais abaixo, cheia de mosquitos e insetos, já gorgolejando numa grotinha, encorpando mais pra frente, ali no corgo da gente transpor de um pulo, com lambaris e piaus; depois o rio Tocantins, num coleio de sucuri, verdolengo por baixo das matas, cristalino nas praias rasas, descendo liso e manso como um fumo sagrado a se perder no horizonte, sempre igual, sempre igual, como se agora fosse ontem e será amanhã e depois ainda.

E os bichos moradores do rio? Piratinga, peixe feroz como o capeta. Chico Piloto – tu conheceu muito, seu mano; um que tinha um defeito na perna – foi atravessar um braço do rio, de repente deu um grito, outro, mais outro. Pessoas caíram nágua fazendo o pelo-sinal e deixando o correão na cintura por via das cãimbras, e socorreram o homem, tiraram ele do fundo. Mas quando saiu no seco, quéde os pendurucalhos de homem do Chico?

Não te conto nada: piratinga comeu tudo. E as sucuris de muitos palmos? E os bichos estúrdios que diziam ser de mentira? Negro-d'água, Cobra-grande.

Será que existe mesmo? Uns dizem que tem, outros que não tem. Cabo Sulivero já viu piratinga e já viu sucuri; nunca viu Negro-d'água, nem Cobra-grande, mas por isso mesmo cabo Sulivero acredita muito mais na existência daqueles seres que nunca viu.

— Ei, chão parado! — suspirou o cabo como que voltando a si. O rio tinha dessas coisas. Carregava o pobre do cabo nas suas águas lisas, oleosas de mistério, puxando coisas atrás de coisa, jogando lenha na fogueira de sua imaginação. Bastava um isso, para cabo Sulivero montar na garupa do sortilégio e ganhar esse mundão de meu deus. Não foi assim lá no sul, em Goiânia?

— "Dinheiro é no Pium, home de deus! Cristal anda valendo o olho da cara, com as catas dando cada calhau do tamanho de um boi com o dinheiro surgindo como por encanto!"

Foi ouvir isso e lá vêm sonhos para o cabo. Sonhava que estava no Pium furando chão, uma pedra que era uma beleza saltou da picareta, ele quase não podia carregá-la.

— "Quanto quer pela pedra? Cinquenta, setenta, oitenta, noventa, cem contos de réis?" — Notas e mais notas de conto, carteira recheada, roupa chique, mulheres cada qual mais bonita, garrafa de uísque, boa casa, boa cama, boa mesa.

— Ei, chão parado! — Quando cabo Sulivero deu por fé, estava transferido uma cidadezinha no norte de Estado de Goiás, à beira do Tocantins que passava ao pé, pastando o azulão do céu. Rio sempre igual, céu sempre igual, dias sempre iguais, algumas dúzias de casas de palha sempre iguais refletindo-se nas águas esverdinhadas do porto.

Pelo bamburral do largo, vez por outra, apareciam tapuios: dois, quatro, dez, um atrás do outro no passinho ligeiro, onde pisava um, pisavam os demais, emitindo uns monossílabos rápidos e ásperos, as mulheres com os curumins enganchados na cintura grossa, tortas-tortas pro outro lado da criança.

— Cumpade, cumade!

— Esquisito aquele tapuio! Você reparou que não vem no grupo, nem nu como os demais?

Surgia geralmente pela tardinha. Ele adiante, vestido de calças, os longos cabelos negros caídos nos ombros, a franjinha por cima das sobrancelhas, os músculos meio flácidos, as bochechas caídas; atrás, uma tapuinha nova, só com um pano de algodão na cintura.

— Meu fio, — explicava o bugre, apontando a menina.

Put-Kôe, como se chamava a índia, trazia nos braços uma veadinha pequetitinha ainda, com as malhas no pelo. Era o seu xerimbabo. No pescoço, a veadinha levava uma tira de embira pintada de urucum. Mansinha, mansinha, só de vez em quando sacudia a cabeça para espantar algum mosquito imprudente.

Pelo zigue-zague dos trilheiros do largo atapetado de vassourinha e grama marmelada, lá iam pai e filha no mesmo andarzinho ligeiro, seguida e derradeira dos olhares gulosos e imundos do cabo Sulivero.

— Você sabe? A troco de qualquer garrafa de cachaça Man-Pôk deixa a gente se deitar mais a filha. – O taverneiro que contava isso ao cabo, debruçou sobre os braços cruzados no balcão, apontou com o beiço inferior a menina índia, de modo que Sulivero ficou sabendo que Man-Pôk era o pai.

— Não diga, siô! — Pelo semblante do cabo passou um frêmito de concupiscência e seus olhos de normal opacos e sonsos relampearam lasciva. Foi como se revolvesse o fundo de um poço tranquilo.

Havia mais de seis meses que o soldado não via mulheres senão a alguns metros de distância. No lugar, as poucas mulheres existentes eram casadas, honestas ou moças casamenteiras, trancadas a sete trancas (ali não se conhecia a fechadura) por trás das paredes de pau a pique dos ranchos, com olho de pai, mãe, tias, avô e avó seguindo-as constantemente. Demais, cabo Sulivero queria lá saber de casamento o quê, senhor! Queria era ir para o garimpo, ficar rico, para depois se casar com uma moça bonita do Rio de Janeiro ou da Bahia.

— Man-Pôk, venha cá, — disse o taverneiro do jeito que estava, debruçado sobre os braços cruzados no balcão sebento. O tapuio aproximou-se com aquele ar feroz, os olhos dois vãozinhos oblíquos na cara-balofa de mongol, umas falripas de cabelo no queixo, a pele pergaminhosa fuxicada de rugas, a catinga de tapuio recendendo.

— Olhe, — prosseguiu o vendeiro, — cabo Sulivero aí – apontou o cabo, — cristão bão. Ele quer dar uma garrafa de cachaça pá Man-Pôk. — Para aguçar o desejo do índio, o taverneiro fez uma pausa, depois continuando entre grandes e repetidos gestos – cabo Sulivero, cristão bão; cabo Sulivero vai dar uma garrafa de cachaça pá Man-Pôk.

– Rrô, rrô, rrô, – roncou o tapuio, dando à cara um esgar de riso que lhe arregaçou a dentadura num relâmpago, caindo a feição novamente incontinente na mesma pasmaceira balofa, o olhar furtivo e travado coando por entre os vãozinhos oblíquos.

– Mas Sulivero, cristão bão, dá cachaça pá Man-Pôk a troco de fio seu... Dormir mais ela esta noite... – O taverneiro, descruzando pachorrentamente os braços, completou a frase com mímica: inclinou a cabeça sobre a mão direita para indicar a dormida.

No dia seguinte, o sol espanou a brancura da neblina preguiçosa que cobria o vale do Tocantins e veio bater de chapa no cabo Sulivero; na porta da rua, sentada, estava Put-Kôe com a veadinha no colo, as pernas estiradas, os peitinhos duros imitando duas peras, o rostinho belo com a franjinha muito preta, os cabelos luzidios caindo lisamente até os ombros torneados, o corpo núbil pintado de urucum e cipó-de-leite. Tão inocente, tão pura! Aos raios do sol, imitava essas açucenas do campo, uma que houvesse nascido ali no vão da grota, pingada do orvalho da madrugada. Put-Kôe alisava maternalmente a veadinha de olhos negros; de todo o corpo da índia trescalava uma aura de tão autêntica ingenuidade que nele os beijos e as carícias porcas do cabo não deixaram mossa nenhuma.

– Ei, chão parado! – suspirava incessantemente o cabo, na venda, os olhos derramados pelo bamburral do fim da rua, ansioso por que viesse o cumpade Man-Pôk com a linda filha Put-Kôe, que em Craô queria dizer a Esposa do Sol. Também na aldeia, Man-Pôk, a Ema Queimada, não tinha sossego, louco por vir ao povoado e receber do "cristão bão" a garrafa de pinga a troco dos amores de sua filha.

Naquelas ausências, a imaginação do cabo trabalhava.

Ora, levar para garimpo mulher branca era muito difícil. Garimpo é lugar excomungado de sem conforto; mulher branca nenhuma ia aguentar. E se aguentasse, ficaria caro. Bom seria levar a tapuia. Ela cozinharia para Sulivero lavaria a roupa, cuidaria das coisas enquanto ele estivesse na cata. Serviria de mulher. E ficaria barato. Put-Kôe não exigia nem vestido, não exigia comida boa, não exigia calçado, não queria cama, nem casa, nem coisa alguma.

O empecilho era Man-Pôk; não concordava com a ida da filha. Talvez compreendendo que, longe de sua companhia, a aguardente lhe viesse a faltar.

– Cristão bão dá pinga, – disse o vendeiro. – Cristão bão deu ordem pá mim: todo sábado Man-Pôk recebe uma garrafa de pinga. – E assim o índio acedeu a que a filha se fosse para o garimpo, ficando, porém, o vendeiro obrigado a lhe dar a semanal ração costumeira da cachaça.

– Vamos ver, Put-Kôe, põe a veadinha aí no chão. Agora, pés juntos, peito saliente! – isso era cabo Sulivero ensinando a índia a fazer a continência militar. Para matar o tempo, – aquele tempo sem-fim do garimpo, aquele tempo visível e palpável como a terra e o mato, – o soldado ensinava à índia fazer-lhe continência sempre que ele chegava ou saía do rancho, ou dava alguma ordem. A menina desajeitosamente se empertigava e cabo Sulivero ria com gosto:

– Ara, num é ansim não, trem. Assunta bem, vigia cuma é que eu faço.

Empertigando-se, cabo Sulivero fazia a mais perfeita continência para que a mulher o imitasse. Era sua diversão naquele garimpo tedioso. Com poucos dias, o cabo se convenceu de que cristal não se achava como carrapato. Dava trabalho extraí-lo, fazia suar o topete, exigia dinheiro, que as firmas poderosas haviam dominado toda a região produtora. Desacoroçoado, procurava na companheira uma distração, mas coisa nada agradável era a companhia de Put-Kôe.

A menina não conversava nada dessa vida, não contava coisa alguma, não reclamava, não cantava. Em compensação, também não trabalhava. Não era capaz de lavar a farda do cabo, nem passá-la.

– Nem cozinhar essa tranca não sabe, – clamava o homem jururu e desapontado.

Mal e mal ela fazia mandioca assada, que mandioca cozida preparada por Put-Kôe ninguém aguentava. Apenas lavava a raiz para tirar a terra e metia na panela, deixando ferver com casca e tudo. Na hora de comer, desapregava-se a casca do miolo mesmo, mas a raiz ficava sempre com um amarguinho enjoado, um pesado sabor de terra.

Entretanto, Put-Kôe tinha jeriza de panela. Usualmente, pegava feijão, arroz, mandioca e carne, embrulhava tudo em folhas de bananeiras-do-mato, enterrava e ia jogando em riba da cova pedras que aquecia na fogueira ao lado. Eram geralmente umas pedras brancas, meio cristalizadas, que a índia deitava entre as brasas de angico e vinhático, que são lenha forte; quando a pedra principiava a cinzentar de tão quente, ela a tirava com pedaços de pau e depunha sobre a cova rasa onde estavam os alimentos enterrados.

Com pouco o cabo chegava.

– Vamos ver, bota a veadinha no chão. Assim,! Agora, pés juntos, peito saliente, barriga murcha... Não, Put-Kôe, assim: desse jeito, olhe aqui como eu faço... Cabo Sulivero fazia uma continência que era uma perfeição.

– Então, vamos ver. Pés juntos, assim. Mão direita aqui na fronte direita... ai, ai, ai, assim não, trem burro! O cotovelo mais junto do corpo... E cabo Sulivero tomava dos braços da índia, chegava para lá, chegava para cá, fazia-a desempenar o busto, apontando para a frente os dois peitinhos imitando duas peras. Tão diferente dos peitos redondos das brancas!

– Encolha a barriga!

Sulivero punha as mãos sobre o ventre de Put-Kôe, um ventre abaulado, musculoso, que fugia numa linha harmoniosa para o encaixe das coxas grossas e fortes, onde a tanga era um mistério, um apelo. E desse ponto em diante a luxúria tomava conta do sangue de Sulivero, os olhos turvavam, o sangue latejava nas têmporas.

Por fim, capacitando-se de que Put-Kôe dava mais trabalho que ajuda, o militar mandou a menina embora. Ela se foi de mãos abanando. Nem a veadinha levou, que essa o soldado matou um dia para comer. Put-Kôe ficou muito brava, protestou na sua língua perra, fechou a cara mas acabou por fazer moquém com a carne da bichinha, que por esse tempo andavam sem nada para comer. Cabo Sulivero dizia que a índia o ajudara a comer o bichinho: – Tapuio tem esse negócio de amor o quê! É tal e qual bicho do mato.

Put-Kôe foi embora, mas passados três dias, uma manhã, quando Sulivero se ergueu da rede no rancho em que morava, estava agachado junto à porta o velho Man-Pôk e a seu lado a menina Put-Kôe, cabo Sulivero também se agachou perto e o tapuio disse que vinha trazer a filha de volta.

– Cristão casou, não pode largar mulher não.

– Mas eu não casei, – protestou o militar. – E a menina não sabe trabalhar. A gente não aguenta comer a comida dela. Ela não sabe lavar roupa, não sabe passar a ferro.

— Cristão casou, não pode largar mulher não, — repetia de lá o índio como um realejo, a cara balofa, as falripas da barba pelo queixo pelanquento, os olhos apertados de mongol, de palor senil, um rosto que soltava as palavras sem a menor contração, sem a menor expressão facial.

"Deve ser o sem-vergonha do vendeiro que está ensinando esse índio" — pensou o militar. "Tá ensinando pra não perder a venda de pinga. Cachorro!"

Man-Pôk se ergueu sem dizer uma palavra e se perdeu por entre o bamburral, no mesmo passo miudinho. No ar, por onde ele passou, ficaram algumas baforadas de fumo se esvanecendo.

— Quer ficar, que fique, — disse Sulivero, — mas eu não tenho nada com você, éim! Não te dou de comer, não te dou roupa, não te dou nada dessa vida!

Put-Kôe ficou por ali uns dias. Entretinha-se fazendo refresco de bacaba que colhia no mato, dissolvia na água amornada à custa das tais pedras aquecidas. Quando Sulivero chegava, a índia se erguia e lhe fazia continência, procurando ressaltar bem o busto e murchar a barriga. Os peitos, porém, já não eram aquelas duas perinhas que tanto buliam com as glândulas de Sulivero, nem seu ventre podia murchar. A gravidez o pejava deselegantemente. E o cabo andava zangado, pois a índia estava que era o puro gálico, que ele lhe pegara de tudo: de gonorreia a cancro. Não havia meio de cura, malgrado as beberagens, porque um retransmitia os males ao outro e ambos pioravam sempre. Cabo Sulivero mal podia andar; Put-Kôe teve que cobrir-se com uma saia velha que lhe deu alguma mulher de garimpeiro, envergonhada, por ela, do quadro horroroso de seu corpo ferido e purulento. Por cima de tudo havia a imaginação do cabo. O garimpo não dava nada e ele só pensava em sair do lugar, em ir embora, correr mundo, largar o sertão horroroso e morar no Paraná. Por que o Paraná? Foi uma conversa que ouviu, e com ela construiu todo um quadro. O Paraná era um lugar muito rico e muito farturento. Iria para lá.

Por esse tempo Put-Kôe havia novamente desaparecido. – "Felizmente", – pensou o cabo. Veja só que trambolho que ele foi arranjar. Meter-se logo com bugre, um bicho danado de esquisito, imprestável, vingativo, cruel. Para o miserável do Ema Queimada lhe meter uma borduna na cabeça era a coisa mais simples do mundo!

Entretanto, parece que agora estaria livre. Put-Kôe não voltaria mais. Dessa daí cabo Sulivero estava livre. Por isso, deixou tudo no garimpo, se é que possuía alguma coisa, e voltou para o povoado à beira do rio que prosseguia na mesma madorra de sempre, escorregando para o infinito, como um fumo sagrado, como um bicho viscoso e nojento.

Aquelas águas iriam para o mar, esse mar que banha a Bahia, que banha o Rio de Janeiro, que banha o Paraná. O Paraná surgia na cabeça do cabo como uma terra do paraíso. Tinha quintais e mais quintais de café, à sombra de grandes pinheiros que o cabo imaginava parecidos com grandes angicos. Colhiam café bandos de moças alegres, cantadoras, muito bonitas, que viviam namorando os moços, dando-lhes beijos e abraços por trás das verdolengas leiras de cafezeiros. Moças lindas e desfrutáveis... Rio de Janeiro, Bahia. E o Tocantins com suas águas de prata escorregando sempre e sempre, sem um rumor mais forte, sem nada que alterasse a pasmaceira.

No povoado, as casinhas pequenas debruçadas sobre o porto frio e profundo. Teria fundo aquele rio? Será que as águas iam eternamente para baixo? As nuvens, o azul, os urubus que o cabo enxergava refletidos dentro d'água, não eram reflexos não; era outro céu que se enxergava através das águas, no fundo misterioso, onde moravam as Cobras-Grandes, os Negros-dágua, as Iaras e outras divindades.

Um cheiro diferente, cheiro forte de fumo misturado com cheiro de erva esmigalhada, cheiro desagradável, fez Sulivero voltar-se. Perto dele, agachado, estava o velho Man-Pôk com sua cara balofa, de bochechas caídas, de papadas por baixo dos olhos oblíquos e travados, os cabelos pretíssimos e escorridíssimos caindo até os ombros. Um pouco atrás estava Put-Kôe, a Esposa do Sol. Ambos permaneciam calados e ferozes naquela ferocidade misteriosa que emana do selvagem.

– "Será que era Put-Kôe mesmo?" – Estava vestida com um vestido de chitinha colorida, os pés metidos em chinelas novas, pulseiras de contas nos braços, colar de miçangas no pescoço, e rosto lambuzado de tinta vermelha, que um suor grosso ia dissolvendo, deixando na pele um traço escuro. O suor descia da cabeça, cujos cabelos lisos e negros estavam duros de tanto tutano de boi curtido, que o sol escaldante daquele meio-dia derretia impiedosamente.

Por entre as pálpebras empapuçadas, por trás das finchas oblíquas, vinha o negro líquido de uns olhos cheios de mistérios e coisas terríveis que punham desassossego no coração de cabo Sulivero. Seria medo, remorso, dó? O cabo não discernia que sentimento o animava; o esforço de autoanálise, porém, o deixava machucado e irritado. Gostaria de não pensar em Put-Kôe, em ignorá-la, em fugir para longe, a fim de afastar de si a menina com seus encantos, suas incompreensões, sua inocência e sua doenceira desgraçada.

– Kuproré impeiti – resmungou Man-Pôk na sua língua, que queria dizer: moça belíssima. A seguir, falou em português: – Fio meu munto bunita, igual moça cristã. Vestido novo, chinelo no pé, cabelo com cheiro. Kuproré ímpeiti – repetiu, solene e digno. Aí ergueu-se e completou: – Cristão casô, num pode larga muié dele não. Tuda vida!

Deu uma cusparada de esguincho e se retirou no mesmo passinho miúdo e ligeiro, seguindo as tortuosidades do trilheiro do largo. O cabo teve ódio ao índio, um ódio que crescia na mesma proporção em que o selvagem distanciava. Seria ódio ao índio, ou ódio de si mesmo, da situação que criara? Será que queria deixar a índia? Coitadinna, tão simples, tão boazinha? Sentia-se enleado, preso por uma teia invisível, sentindo que tudo conspirava para retê-lo às margens daquele rio que passava, passava, e sempre estava presente como uma corrente sem-fim, eterna, cansativa, de delírio. Adiante, lá ia o vulto ossudo do índio naquele passo de selvagem, arrastando os pés, como que apalpando o chão antes de firmá-lo. Que vontade tinha o militar de conhecer o verdadeiro sentimento de seu coração!

Cabo Sulivero voltou a olhar o rio. Atrás dele ficou a bela Put-Kôe com seu vestido tão bonito, com sua chinelinha nova, com as pulseiras e colares, com o tutano que o sol derretia, escorrendo pelo rosto abaixo, riscando a tinta de papel vermelho com que besuntara a cara. Os ventos cheirosos e agrestes do sertão agitavam as vestes da Esposa do Sol.

Embaixo, o rio deslisando feito um bicho sonolento e liso na sua pelagem de reflexo de sol. Para onde iriam essas águas, meu divino? De que terríveis mistérios desceriam elas? Caminhavam para Belém do Pará, Bahia, Rio de Janeiro ou Paraná com suas mulheres louras e alegres que beijavam os rapazes por trás dos pés verdolengos de café?

— Olhe, Put-Kôe, você pode ir embora — disse o cabo Sulivero e, para que não restasse dúvida, proferiu a frase em Craô, que havia aprendido: "MÉTEM!"

De lá, a mulher permanecia como estava, parada, um riso na cara pintada de papel vermelho, os lábios grossos e sensuais, o pescoço bem lançado, as mãozinhas pequenas e gorduchas. Parada como uma estampa de folhinha.

— Está ouvindo, Put-Kôe? Vá-se embora para sua casa, pra casa de seu pai. Eu vou embora pra Goiânia, pra longe. Lá índia não é capaz de ficar não. Lá é muito ruim pra tapuio. Eu não quero saber de você mais não, ouviu?

— Cristão casou, não pode largar mulher não, — respondeu a índia. Sulivero até se assustou, de tal modo a fala de Put-Kôe foi parecida com a voz de Man-Pôk. Mas era a mulher mesmo que falava. O Ema Queimada se retirara.

O cabo fitou a cara risonha de Put-Kôe, o semblante tão casto e calmo, humildemente voltado para o chão, com os olhinhos quase sumidos na frinchinha de nada das pálpebras empapuçadas, a boca carnuda e doce feito uma mangaba-da-serra. Ah, isso mesmo! Os lábios carnudos davam sempre ideia de alguma fruta apetitosa.

Depois reparou no vestido de chitinha horroroso de malfeito e chinelo duro e grande demais, as pulseiras desajeitadas, as miçangas pretas do colar. Pela cara abaixo, escorria-lhe o tutano, empastando-lhe os cabelos tão negros, tão lisos, tão luzidios! Sulivero sentiu o coração como que se contrair, diminuir num arrocho de dó, de ternura pela indiazinha, cujo ventre já pegava a empinar-se por baixo do vestido malfeito. Uma afeição imensa o inundava, afeição pela ingenuidade, pela simplicidade confiante da indinha.

"Mas ficar ali naquela desgraça de lugar, eternamente, eternamente, com o rio pastando o céu, com o vendeiro bocejando sobre o balcão, com outros índios caminhando pelos trilheiros, uns atrás dos outros! E o Paraná, e as meninas louras aos beijos por trás dos pés de café? Lá não haveria a desgraceira do gálico. Sulivero percebeu que tinha de reagir, que não podia deixar-se engazopar pelo vendeiro e por aqueles sem-vergonhas dos tapuios, em quem o vendeiro por certo estava influenciando, a fim de não perder o freguês de cachaça. Num lugar como aquele, freguês que compra e paga uma garrafa de pinga por semana, é coisa rara. Por isso, trovejou forte:

– Olhe, Put-Kôe, se você não for embora já-já, eu te mato, eu te dou um tiro com esse revólver aqui, – e lhe mostrou na cintura o "Shmit & Wesson", calibre 38, cano longo, oxidado e funéreo, bicho desgraçado para cortar fundo.

De lá, Put-Kôe continuava com o mesmo riso, o mesmo semblante calmo e inocente, o rostinho ingênuo e confiante voltado para o chão. Ar parado de estampa.

– Como é? Vai ou não vai?

– Cristão casou, não pode largar mulher não, – repetiu Put-Kôe, sem agitar os músculos da face, na monotonia, na mesmice de sempre.

– Então, vamos ver! Faz aí uma continência pro praça aqui, – ordenou Sulivero com um certo carinho fanfarrão na voz de comando.

De cima de seu chinelo Put-Kôe empertigou-se, levou a mão direita à altura da fonte direita, encostou bem o cotovelo no busto, procurou encolher o ventre e ressaltar os peitos, como Sulivero exigia.

Quando estava nessa postura, o cabo ergueu o revólver, deteve-se em pontaria numa insignificância de tempo, e o baque do tiro sacudiu a pasmaceira da tarde.

Nesse átimo, Put-Kôe que levantara o semblante para fixar sorridente, o cabo, desmanchou rapidamente o riso numa dolorosa expressão de surpresa. Seus olhos tiveram um lampejo de relâmpago e ela engoliu em seco, dando à feição um ar de quem prescrutava algo que se partia por dentro de seu próprio peito. Ficou tesa uma fração de segundo, para depois vergar os joelhos, girar em torno de si e cair no solo do porto.

Manso, liso, lá ia escorregando sempre e sempre o rio para o infinito, para o sem-fim, ontem, como hoje, como amanhã, como depois e depois ainda.

Na venda, ouvindo a detonação, o vendeiro saiu à porta acompanhado de um vagabundo que sempre estava por ali; olhou para um e outro lado, mas o sol reverberava nos grãozinhos de areia, tremia ao longe sobre o rio, doía nos olhos e ardia na pele. Por toda a redondeza a pasmaceira.

– Foi nada, – resmungou o vagabundo. E ambos voltaram ao balcão.

VERANICO DE JANEIRO
1966

A ENXADA

> *Matou, roubou,*
> *Mas, foi pra cadeia.*
> *Matou, roubou,*
> *mas foi pra cadeia.*
>
> (Toada dos conguinhos
> de Corumbá de Goiás.)
>
> *Cala boca sem-vergonha,*
> *De tuda vez é assim.*
> *– Ó muié tem paciença*
> *Lá ninguém fia di mim.*
> *Trata de nossas galinha*
> *E zela de nossos pintim,*
> *Que agora com poucos dia*
> *Eu levo outo caiguerim.*
>
> (Do *Folclore Goiano*,
> de J. APARECIDA TEIXEIRA)

"**N**ão sei adonde que Piano aprendeu tanto preceito" – pensava Dona Alice. E ninguém podia tirar sua razão. Supriano era feio, sujo, maltrapilho, mas delicado e prestimoso como ele só. Naquele dia, por exemplo, chegou no sítio de Seu Joaquim Faleiro, marido de Dona Alice, beirando aí as sete horas, no momento em que a mulher mais os filhos estavam sapecando um capado matado indagorinha.

— Com sua licença, Dona Alice. — E Piano sapecou o bicho, abriu, separou a barrigada, tirou as peças de carne, o toucinho e, na hora do almoço, já estava tudo prontinho na salga. Aí Seu Joaquim chegou da roça para o almoço e enconvidou Piano para comer, mas ele enjeitou.

Estava em jejum desde o dia anterior, porém mentiu que havia almoçado. Com o cheiro do decomer seu estômago roncava e ele salivava pelos cantos da casa, mas não aceitou a boia. É que Piano carecia de uma enxada e queria que Seu Joaquim lhe emprestasse. Na sua lógica, achava que se aceitasse a comida, Seu Joaquim julgava bem pago o serviço da arrumação do capado e não ia emprestar-lhe a enxada. Não aceitando o almoço, o sitiante naturalmente ficaria sem jeito de lhe negar o empréstimo da ferramenta.

Depois do almoço (o café ele não dispensou) desembuchou: — Seu Joaquim, num vê que eu estou lá com a roça no pique de planta e não tem enxada. Será que mecê tem alguma aí pra me emprestar?

O pedido não foi formulado assim de uma só jato não. Piano roncou, guspiu de esguicho, falou uns "quer dizer", "num vê qui", coçou-se na cabeça e na bunda, consertou o pigarro. Seu Joaquim permaneceu silencioso e de cara fechada o tanto de se rezar uma ave-maria, e Piano completou:

— A gente não quer de graça. É só colher a roça, a gente paga...

O sitiante meteu o indicador entre as gengivas e as bochecha, limpou os detritos de farinha e arroz, lambeu aquilo e por fim guspinhou pra riba de um cachorro que dormia debaixo da mesa.

— É procê mesmo, que mal pergunte? — interrogou depois de alguns minutos de meditação, os olhos vagos para o rumo onde estava deitado o cachorro.

Piano trocou de pernas, gaguejou, teve vontade de não dizer, mas acabou por informar que era pra plantar a roça de Seu Elpídio Chaveiro.

— Aí que o carro pega — disse Joaquim enérgico. — Pra você eu te dou tudo; praquele miserável num dou nadinha dessa vida. Vou pinchá resto de comida no mato, é coisa sem serventia pra mim, mas se esse Elpídio falar para mim — "Ô Joaquim, me dá isso" — eu num dou de jeito nenhum!

De imediato Seu Joaquim se levantou e saiu, deixando Piano ali sem almoço e sem enxada. Seu Joaquim saiu assim de supetão, com coisa que estivesse avexado, até com agravo para Piano, o qual pensou consigo que um homem não deve de tratar outro por essa forma, que é faltar com o preceito da boa maneira.

Joaquim Faleiro era sitiante pobre, dono de uma nesguinha de vertente boa. Vivia de fazer sua rocinha, que ele mesmo, a mulher e dois cunhados iam tocando. Vendiam um pouco de mantimento, engordavam uns capadinhos, criavam umas vinte e poucas reses e fabricavam algumas cargas de rapadura na engenhoca de trás da casa, mode vender no comércio. O resto Deus dava determinação. O diabo, porém, era aquele tal de Capitão Elpídio Chaveiro, nas terras de quem estava o sitiante imprensado assim como jabuticaba na forquilha. Por derradeiro arranjou Elpídio encrenca com o açude que abastecia de água a morada de Joaquim, que estava no ponto de acender vela em cabeceira de defunto. Essa tenda é que desdeixava Seu Joaquim emprestar a enxada a Piano, a quem, para demonstrar amizade, disse, já virando as costas:

— Vem trabalhar mais eu, Piano. Te dou terra de dado, te dou interesse...

Mas podia Piano lá aceitar? Obra de cinco anos, Piano pegou um empreito de quintal de café com o delegado. Tempo ruim, doença da mulher, estatuto do contrato muito destrangolado, vai o camarada não pode cumprir o escrito e ficou devendo um conto de réis para o delegado. Ao depois vieram os negócios de Capitão Benedito com João Brandão, a respeito do tal peixe de ouro de Sá Donana, e no fritar dos ovos acabou Supriano entregue a Elpídio, pelo delegado, para pagamento da dívida. Com ele, foram a mulher entrevada das pernas e o filho idiota, que vieram para a Forquilha, terras pertencentes a Desidéria e Manuel do Carmo, mas que o filho de Donana comprou ao Estado como terra devoluta. Supriano devia trabalhar até o fim da dívida.

Na Forquilha, recebeu Supriano um pedaço de mato derrubado, queimado e limpo. Era do velho Terto, que não pôde tocar por ter morrido de sezão. Como o delegado houvesse aprevenido o novo dono de que Piano era muito velhaco, ao entregar a terra Elpídio ponderou muito braboso:

— Quero ver que inzona você vai inventar para não plantar a roça... Olha lá que não sou quitanda!

Supriano não tinha inzona nenhuma. Perguntou, porque foi só isso que veio à mente do coitado:

— E a enxada, adonde que ela está, nhô?

Elpídio quase que engasga com o guspe de tanta jeriza:

— Nego à toa, não vale a dívida e ainda está querendo que te dê enxada! Hum, tem muita graça!

Piano era trabalhador e honesto. Devia ao delegado porque ninguém era homem de acertar contas com esse excomungado. Pior que Capitão Benedito em três dobros. Se, porém, lhe pagassem o trabalho, capaz de aprumar. Não tinha muita saúde, por via do papo, mas era bom de serviço. Assim, diante da zoada do patrão, foi pelando-se de medo que o camarada arriscou um pedido:

— Me perdoa a confiança, meu patrão, mas mecê fia a enxada da gente e na safra, Deus ajudando, a gente paga com juro...

— Ocê que paga, seu bedamerda! — E Seu Elpídio ficou mais irado ainda. — Te dou enxada e ocê fica devendo a conta do delegado e a enxada pro riba. Não senhor. Vá plantar meu arroz já, já.

— Meu patrãozinho, mas plantar sem... — Elpídio o atalhou: — Vai-se embora, nego. E se fugir te boto soldado no seu rasto.

E Elpídio punha mesmo, que este fora o trato: Elpídio ficaria com Supriano se o delegado se obrigasse a buscar o negro em caso de fuga. Fuga não se daria; Piano não tinha calibre para isso. Essa fama o delegado inventou mode o Chaveiro não aceitar Piano e desistir da dívida. Entretanto nem assim Elpídio desistiu.

— Passe para a roça já, seu... — comandou Elpídio.

Supriano botou a mão na cabeça: adonde achar ũa enxada, meu Divino Padre Eterno! Como desmanchar esse nome feio que lhe tinha posto o malvado do delegado? Quem será que ia lhe emprestar uma enxada? Ele tinha conhecimento com o coronel, mas este não o serviria. Procurar negociante era pura bestagem. Elpídio estaria já de língua passada com todos eles para não venderem nada a prazo para os camaradas. Quem é que não conhecia o costume de Seu Elpídio? Era fazendeiro que exigia que todo mundo pedisse menagem para ele. Ele é que fornecia enxada, mantimento, roupa e remédio para seus empregados. Ninguém não iria pois vender uma enxada para Supriano. Só lhe restava ir para casa, largando de mão de levar cobre e meio de sene que a mulher encomendara.

Primeiro, pensou em matar um caititu, vender o couro e comprar a enxada. O cálculo no entanto ia muito bem até o ponto em que Piano se lembrou que para matar o bicho carecia de pólvora, espoleta, chumbo e espingarda. E ele possuía alguma dessas coisas? Mais fácil era tirar mel.

Piano tomou o machado emprestado de Seu Joaquim e tafulhou no mato. Foi feliz porque trouxe mel de jataí, que é o mais gostoso e o mais sadio. Mel, porém, é coisa que ninguém compra: todo mundo quer comer de graça. O homem andou de porta em porta e mal deu conta de vender uma garrafinha, apurando mil-réis. Ia continuar oferecendo, mas Seu Elpídio cercou ele no largo do cemitério. Seu Elpídio disse que o encontro foi por acaso, mas Piano acha que foi muito de propósito. O patrão chegou com rompante, enorme em riba da mulona, as esporas tinindo, as armas sacolejando.

– Já plantou a roça? – trovejou ele, mal e mal se vendo a boca relumiando ouro por debaixo do chapéu de aba grande.

Supriano explicou que estava vendendo um melzinho, mode comprar ũa enxada. Apois que tocar lavoura carece de ter ferramenta, o senhor não aprova?

Por debaixo do chapéu, entremeio as orelhas da burrona, Piano só divisou um sorriso feroz, de dentes alumiando ouro e a vozona de senhor dão:

– Está brincando, moleque, mas eu te pego você.

Na mesma da hora os ferros das esporas tiniram, os arreios rangiram e a mula chega jogou gorgulho pra trás. Já indo de ida, o Elpídio muito rei na sua homência decretou pro riba dos ombros:

– Em dia de Santa Luzia, tu ainda nesse dia não tenha plantado o arroz, te ponho soldado no lombo, rã-rã.

Piano atarantou, perdeu a cabeça e nem teve mente de lhe oferecer uma garrafinha de mel. Talvez que se ele tivesse ofertado uma: – "Olha, essa aqui é um agrado pros seus filhinhos" – bem que o coração do chefão capaz que tivesse ficado mais brando. Mas perdeu a cabeça de tudo e de lá de longe ainda vieram mais relumiando de ouro as palavras horrorosas:

– Se fugir, sai mais caro...

Piano não tinha mais ideia para nada. Sempre foi assim afobado. Se aperreavam ele, aí não dava conta de fazer coisa alguma dessa vida. E o diabo desse Elpídio com coisa que tinha formiga na bunda. Nem paciência tinha de esperar que o camarada ouvisse sua frase, entendesse e formulasse o pensamento numa resposta suficiente. Falava e saía na carreira.

Se perguntassem como Piano chegou em casa, ele não sabia informar. E o dinheirinho da venda da garrafinha de mel, que destino teria tomado? Bem que a mulher tinha direito de ficar malinando. Não estaria Piano gastando dinheiro na rua com as "tias" que por lá existiam cada qual mais bonita e sem-vergonha?

Daí em diante, no diário, o camarada foi ficar na porteira das terras de Seu Elpídio, por onde rompia a estrada salineira. Um viajante passava e Piano formulava seu rogo:

– Seu moço, num vê que tou aqui com uma roça de arroz no ponto de planta e num tem enxada? Com perdão da pergunta, mas será que mecê não tem por lá alguma enxada assim meia velha pra ceder para a gente?

Mas ferramenta em tal tempo é coisa vasqueiro. As poucas existentes estão ocupadas e ninguém cedia ferramenta para camarada, porque no final era o mesmo que ceder para o patrão e esse tinha lá precisão de empréstimo? De toadinha era o povo passando e o camarada requerendo.

Supriano já estava quase desistindo. Por vezes, vinha a ideia de furtar. O diabo, porém, é que não era fácil. Assistia pouca gente pela redondeza, todos conhecidos e os ferros eram mais conhecidos ainda, de modo que sem tardança os furtos se descobriam. Não se lembra do Dos Anjo? Estava pubando na cadeia por causa de um cubu de enxada que diziam ter ele furtado. Tinha também o caso do Felisbino, que foi para a cadeia porque matou o sogro numa briga somente por causa de uma foice. E outros que nem sequer tinham chegado a ser presos, mortos ali mesmo pelo mato por simples suspeita de furtos?

E os dias passavam. Santa Luzia vinha chegando de galope. Supriano tacou um punhado de feijão num buraco da parede do rancho. Cada dia era um feijão que ele pinchava fora. Os bagos estavam no fim.

Mesmo de noite o camarada ficava de orelha em pé, que nem coelho.

Olaia, sua mulher, ficava muito cismada com isso. Porteira é lugar perigoso que nem dente de cascavel, pois não é aí que mora o Saci e outras assombrações? Supriano também tinha medo. De onça, de cobra, de gente, não; mas de alma, cuisa-ruim. A valença que a porteira era nova e nunca ninguém não tinha visto visagem alguma. Ah, que se fosse em como na porteira velha do Engenho, por dinheiro nenhum que Supriano ia demorar por lá depois das ave-marias! Nessa porteira existia uma pantasma moradeira das mais brabas desse mundo! Credo! E Supriano fazia o pelo-sinal duas vezes de toada.

Era o delegado que contava. Uma noite, lá ia ele passando pela porteira. Que a bicha bateu, o delegado sentiu que a mula chega gemeu e se encolheu com coisa que uma gente houvesse pulado na garupa. Também o delegado sentiu assim uma como espécie de arrocho por debaixo dos braços, como se alguém o abraçasse pelas costas. E era um abraço frio, esquisito. Ele levou a mão na garupa, mas não deparou ninguém. Correu as esporas no animal e lá se foi, a mula assoprando, encolhida, dando de banda, orelhas murchas. Foi assim até que avistou a cruz da torre da igreja do povoado. Aí o delegado sentiu que quem vinha na garupa pulava pra baixo e a mula pegava sua marcha costumeira, pedindo rédea para chegar logo. O friúme por debaixo do sovaco também soverteu.

Contudo, sua preocupação era tanta que, mesmo dormindo, quando a cancela batia no moirão ele sonhava que passara justamente naquela hora um sujeito com uma enxada desocupada.

No sonho, padecia o grande tormento de ter perdido a ferramenta. Por via disso, toda noite que não estivesse de tocaia na porteira, custava a garrar no sono; e, se dormia, acordava açulerado. A porteira estrondava no batente e Piano dava aquele tranco no couro de boi adonde dormia. No escuro Olaia fazia o pelo-sinal. A todo baque da porteira, Olaia se benzia: "Se for o Cão, desconjuro. Se for viajante, Senhora da Guia que te guie, filho de Deus!" Hábito velho.

O filho é que não se movia. Era bobo babento, cabeludo, que vivia roncando pelos cantos da casa ou zanzando pelos arredores no seu passo de joelho mole. Diziam que fuçava na lama tal e qual um porco dos mais atentados. Capaz que fosse verdade, porque a fungação dele e o modo de olhar era ver um porco, sem tirar nem pôr.

Piano já estava enjoado de esperar, quando deu de acontecer que passou pela porteira o seu vigário. Adiante o sacristão numa mulinha troncha, vermelha, atrás o vigário na sua mulona ferrada, guarda-sol aberto, dos brancos por fora e azuis por dentro, lendo o breviário, muito seu fresco.

– A bença, seu vigário.
– Deus te abençoe.

E nem teria esbarrado o alimal, nem sequer olhado quem lhe tomara a bênção, se Piano não insistisse:

— A mó que vai numa desobriga, que mal pregunte?

Seu vigário deteve o ginete, fechou o livro e explicou que o Antero das Pedras de Fogo estava passando mal.

"Que tero que nada" — pensou Piano. O que ele queria era outra coisa, que gente morrendo, isso tinha de toadinha toda a vida. E, de chapéu na mão, com o outro braço estendido, apontava a grota onde se assentava o rancho.

— Vamos até lá, seu vigário. É um pulico à toa.

Seu vigário, que já vinha viajeirando desde cedo, aceitou o convite e lá se foram os três rumo ao rancho: de pé, na frente, Piano; atrás, na mulinha, o sacristão, e, mais atrás de tudo, o vigário, mode preservar-se dos carrapatos e rodoleiros que por ali davam demais.

De dentro do rancho veio Olaia, as gengivas supurosas à mostra, se arrastando, pois a coitadinha era entrevada das pernas, em desde o parto do bobo. Bonachão, o padre se ria. Espiando pelas gretas do barro do pau a pique, o bobo careteava. Piano se desmanchava em desculpas: Que o vigário não botasse preparo, ele ia dar um pulico no compadre Joaquim e já volta. Olaia pretendia servir alguma coisinha ao padre e tinha nada dessa vida. Nem cana para bater com um pau, e depois torcer na mão fazendo garapa, eles tinham.

Seu vigário era prevenido e conhecia das casas velhas a roceirama de sua freguesia. Deu nova risadinha e mandou o sancristão arriar os alforges contendo café, açúcar, vasilhame. Era só fazer o café. Quando a bebida ficou pronta, seu vigário estava dizendo a Piano que não havia dúvida. Amanhã ele chegaria à cidade e Piano podia ir lá que receberia uma enxada.

O vigário esperou o sol quebrar a ardência, pegou as vasilhas, deixou o resto das coisas para Olaia, montou e saiu mais o sacristão.

Ora, como o sol estivesse meio altinho obra de duas braças, Piano resolveu sair para a cidade nesse dia mesmo. O comércio ficava meio longinho; de a pé, levava-se bem um dia para ir e voltar. O melhor era sair àquela hora, pousar no Furo; no outro dia chegava cedo à cidade, aí o padre já regressara, pegava a enxada e ainda vinha pousar no rancho.

Com pouco prazo a precata de Piano estalava no gorgulho do espigão. Foi justo o tempo de ir a casa de Seu Joaquim, pedir um pouco de toicinho com uns ovos e farinha, Olaia fazer um virado que ele meteu numa cabeça de palha e enfincou o pé no chão.

Neblinava pelos baixos quando Piano entrou na cidade, no outro dia. Como chegou, procurou o vigário, mas ele não havera retornado ainda; aí Piano ficou bestando com a sela, sem saber o que fazer: ia dar um bordo pela cidade, topar algum conhecido. Por falar nisso, Homero ferreiro, por onde será que anda o Homero, minha gente? Dantes ele morava no fim da rua, tinha oficina, fole, bigorna. Seu malho enchia o comércio de tinido, fabricando cravejamento e chapas para carros de bois.

A Piano representou ver Homero vestido com um avental de couro, seminu, forjando foices, boas foices, as chispas espirrando que nem caga-fogo em entrada das águas. Homem, se fazia foice, por certo que fazia enxadas – pensou Supriano se dirigindo para onde morava o oficial ferreiro, enquanto acendia na binga o cigarro que acabara de fazer.

No fim da rua, no entanto, nenhum tinido de bigorna. Na vendola de Seu Reimundo, uns cavalinhos amarrados à sombra do abacateiro, dentro umas pessoas, inclusive o dono deitado no balcão. Da rua, Piano conheceu um amigo lá dentro e por isso acercou-se, salvou o conhecido que o convidou a tomar assento e beber uma pinguinha. Piano aceitou, tomou o gole de cachaça, guspiu grosso, limpou os beiços com as costas das mãos, no bom preceito. O conhecido lhe deu fumo, ele fez novo cigarro e, para passar o tempo, perguntou o preço do fumo que Seu Reimundo tinha em riba do balcão. O fumo era bom e não era caro. Se saísse a enxada, levaria um pedaço.

Conversa vai, conversa vem, Piano ficou inteirado que Homero não trabalhava mais porque cachaça não deixava. Dia e noite o infeliz vivia caído pelas calçadas, as moscas passeando nos beiços descascados. Uma desgraça! A obrigação passando privações, com a mulher cheia de macacoas e assim mesmo tendo que produzir doces e quitandas que os meninos vendiam pelas ruas. Sol descambando, Piano se despediu e foi ao largo em busca do vigário, que havia chegado. Seu vigário o recebeu naquele seu alegrão de sempre, mandou assentar e deus ordens para trazerem a enxada. Passado um quarto de hora ou que, o sacristão voltou instruindo que não existia enxada nenhuma: certamente a haviam roubado. A notícia espantou o vigário que, em pessoa, acompanhado de Piano, revirou o porão da casa e rebuscou o quintal. Infelizmente, babau enxada!

– Será que não está emprestada?

– Capaz – mal respondeu o sacristão, que mostrava ser um sujeitinho muito intimador e enfatuado.

De lá seu vigário deu de estar banzeiro, meio recolhido no seu silêncio, caçando jeito de acertar quem tinha levado emprestado o ferro.

– É, seu padre. O que não tem remédio já nasce remediado!

Piano reconhecia o empenho do padre, mas não pretendia dar-lhe maiores trabalhos. Deixasse aquilo. Que se podia fazer? Melhor entregar para Deus, que é pai. Piano pediu louvado e saiu no maior dos desconsolos, a ideia do ferreiro, que pena que ele bebesse daquela quantia! Isso era por demais. A bem que devia de ter uma lei, devia de ter um delegado só para não deixar que gente de tanto talento que nem o Homero se perdesse na bebedeira.

Na Rua da Palha topou outro conhecido, que até não era dos mais chegados nada. Por sinal que Piano nem não era sabedor de sua graça; contudo, para não desperdiçar tempo, perguntou se por acaso não teria uma enxada para emprestar ou para vender, mas com o trato de receber a paga com a safra do arroz.

O conhecido não tinha, pois agora não mexia mais com fazenda não. Estava mas era trabalhando de ajudante de caminhão, muito mais melhor, pois o cristão deparava vez de conhecer outros comércios e outras praças. Porém representou a Piano que um irmão seu morador no rio Vermelho estava muito remediado e era suficiente para lhe arranjar a enxada. Fosse lá. Piano não deixasse de ir lá. Era até não muito distanciado...

"Devera – pensou Piano – e a gente dando com a cabeça, pelas cercas, imitando boi que nunca levou tapa." Despediu-se do conhecido, apalpou o taco de fumo, calculou o volume da farofa restante na cabeça de palha e dali já ganhou a ponte, torando para o rio Vermelho, numa vereda.

Na mata dos Chaveiros, a noite o alcançou. Como era dezembro, a noite não veio assim de baque. Veio negaceando, jaguatirica caçando jaó, jogando punhado de cinza nos arvoredos, uma bruma leve pelos valados arroxeando a barra do horizonte, um trem qualquer piando triste num lugar perdido, coruja decerto. Supriano foi pousar no Vau dos Araújos, que alcançou já com a papa-

-ceia alumiando. Dali até o sítio do irmão do conhecido faziam bem três léguas puxadas, distância que venceria sem demora, se rompesse de madrugadinha.

De fato. Estrelas no céu, Piano se levantou e, sem esperar pelo café abalou-se. Um solão esparramado refletia-se nas poças d'água das derradeiras chuvas quando ele chegou na chapada, no alto, para revirar a cabeceira do Cocal. As seriemas corriam por entre as gabirobeiras, muricizeiros e mangabeiras carregadas. No estirão, quase descambando para o Cocal, Piano ouviu tropel de cavalos. Olhou para trás e viu dois cavaleiros que lá vinham a toda. De relancim até pareceu soldados. "Mas soldados por ali?" Piano destorceu para dentro da saroba, mas nesse meio de tempo ouviu um estampido e barulho de ramos estraçalhados por bala. Se deixou cair no chão, onde ficou encolhido feito filhote de nhambu, mas o ouvido alertado. Quando viu foi as patas imensas dos cavalos pisando o barro juntinho com sua cara e já Piano sentia uns safanões, socos, pescoções. Puseram ele de pé, amarraram as munhecas com sedenho. Tudo tão no sufragante!

Retintim dos ferros dos estribos, dos freios, dos fuzis, das esporas, Piano sentiu-se empurrado na frente dos animais, cano de espingarda cutucando nas costas.

— Pera, gente, oi. Eu...

Novos empurrões, um nome feio, levantando falso na pobre da sua mãe. De mistura com xingo, um cheiro ruim de arroto azedo, fedor de cachaça já decomposta no estômago dos soldados.

— Pelo amor de Deus, por que estão fazendo isso com a gente, ara?

Novos empurrões deram com Piano na lama, um cavalo saltou por cima, lambada de piraí doendo como queimadura de cansação-de-leite. Piano se pôs de pé mal e mal e saiu numa carreira tonta de galinha de asas amarradas que matava os polidoros de tanto rir.

Dois dias de cadeia sem comer nada. No terceiro dia um soldado o conduziu à casa de Donana, à presença de Seu Elpídio, que lá estava na sua tenência com aqueles braçôes dependurados, a cara lampejando dentes de ouro, o olhar duro mesmo quando se ria por baixo das abas largas do chapéu de fina lebre.

— Rã-rã! Num falei procê que brincadeira com homem fede a defunto! — proclamou ele de riba das esporonas sempre retinintes nos cachorros de ferro.

Fome, incompreensão, cansaço, dores nas munhecas que o sedenho cortou fundo, ardume das lapadas de sabre no lombo, revolta inútil, temor de tantas ameaças e nenhum vislumbre de socorro – tramelaram a boca de Piano. Só Elpídio continuava forte como um governo.

– Agora, negro fujão, é pegar o caminho da roça e plantar o arroz. Santa Luzia tá aí.

A necessidade de enxada era tamanha que mesmo naquele transe os lábios de Piano murmuraram:

– Sou honrado, capitão. O que devo, pago. Mas em antes preciso de enxada mode plantar.

– Cala a boca, sô! Aqui quem fala é só eu. – Elpídio acendeu novamente o cigarro de palha e reafirmou: – Olha aqui, Piano. Hoje é dia onze. Até dia treze, se ocê num tiver plantado meu arroz, esses dois soldados já tão apalavrados. Vão te trazer ocê debaixo de facão, vão te meter ocê na cadeia que é pra não sair nunca mais. Põe bem sentido nisso e pensa sua vida direito, olha lá! – Nesse ponto Seu Elpídio se despropositou. Até parecia que estavam duvidando dele: – Ora, essa é boa. Me fazendo de besta, querendo passar melado no meu beiço. – Assentou-se, levantou-se de um soco, como se o assento estivesse cheio de estrepes. – Quero mostrar presse delegadinho de bobagem que nele você passou a perna, mas que eu, Elpídio Chaveiro, filho do Senador Elpídio Chaveiro, que esse ninguém não logra. Há-de-o! – Riu seu riso de dentes de ouro, deu uma volta muito senhor rei: – É baixo, moreno!

O cabo, que chegou nesse entretanto, também riu boçalmente e, encostando o fuzil na mesa da sala, permitiuse tomar confianças, pedindo fumo e palha a Seu Elpídio.

– Dê cá o canivete também. Nóis tá aí de grito, capitão. Percisano...

Elpídio, porém, via nos soldados outros tantos camaradas, apenas que momentaneamente armados de fuzil. Não consentia que tomassem confiança. Fez que não ouvia nada e num repelão tomou o canivete e o fumo e comandou:

– Você me leve esse fujão até a saída da rua, viu?

Piano fez um gesto de quem levasse a mão ao chapéu, para despedir-se, mas pegou foi na carapinha enlameada e suja de sangue coalhado, que o bagaço de chapéu se perdera. Perdera-se ou foi o soldado que roubou?

Tudo isso Piano relembrava enquanto Seu Joaquim mais um cunhado se afastavam pelo trilheiro tortuoso da frente da casa, enxada ao ombro, espantando as corujinhas assentadas nos cupins e nos moirões da cerca do pastinho.

Os dois homens desapareceram e Piano se martirizava recompondo na cabeça a cena da cadeia, as pranchadas de refe, os maus-tratos dos soldados. "Num matei, num roubei, num buli com muié dos outros, gente. O que eu quero é uma enxada pra mode lavorar. E num quero de graça não. Agora não posso pagar, mas a safra taí mesmo e eu pago com juro!"

Arrancou-o desse reinar uma topada desgraçada numa pedra cristal. Então é que deu por fé que regressava para o rancho. Quede Seu Joaquim? Quede a casa dele, com Dona Alice, o porco e os meninos? Tudo tinha ficado para trás, lá longe. Transposto o córrego, estaria em terras de Seu Elpídio; daí, pegando o atalho por dentro das terras baixas entupidas de tiriricas, ia sair no seu rancho.

O pé sangrava e doía. Piano parou na grota, meteu o pé na água fresca e caçou jeito de estancar o sangue com o barro pegajoso da margem, com que barreou a ferida. Nesse ponto, sentiu fome. Uma bambeza grande pelo corpo que suava. Veio-lhe também a lembrança de que ali ao lado estava o terreno que Terto descoivarou e que ele deveria plantar. A lembrança aumentou-lhe o mal-estar, trazendo a sensação de que o amarravam, o sujigavam, tapavam-lhe a suspiração, o estavam sufocando.

Num salto, deixou a grota e saiu numa carreira de urubu pelo caminho fundo, sem ao menos querer voltar a vista para o lado do terreno da roça. Muito adiante foi que moderou o galope. Uma canseira forte o dominava; sua respiração saía rascante e dificultosa por causa do papo, aquele papo incômodo que pesava quase uma arroba. Diminuiu o chouto, chupou fôlego e, sentindo a vista turva, se assentou. Passada a zonzura, percebeu que fazia um calor de matar, embora não se visse o sol. Nuvens pesadíssimas negras, baixas, toldavam o céu. "Tomara que chova". Com esse veranico, quem é que pode plantar? Embora desprevenido de enxada, se o diabo desse solão continuasse como ia, não sobejaria qualquer esperança de colheita. "Tomara que chova". Chuva muita dessa chuvinha criadeira, porque no dia seguinte Seu Elpídio ia mandar soldado saber se a roça estava plantada. Chuva dia e noite. Não chuva braba, que Santa Bárbara o defendesse, que essa levaria a terra, encheria o córrego e arrastaria todo o arroz que Piano ia plantar pela encosta arriba, o arroz que crescia bonito, verdinho, verdinho. Fazendo ondas ao vento.

Um grande alívio encheu o peito do homem, sensação de desafogo, como se houvesse já plantado a roça inteirinha, como se o arrozal subisse verdinho pela encosta, ondeando ao vento. "Será que já plantei o meu arroz? Sim. Plantara. Pois não vira a roça que estava uma beleza?" Agora o que sentia era um desejo danado de ver o seu arrozal, a roça que já havia plantado e que se estendia pela encosta arriba. Queria ter certeza de que a plantara. Queria pegar no arroz, tê-lo em suas mãos. Mas o diabo era que o terreno ficava lá para trás, na beira do córrego, e seu corpo não podia voltar até lá. Estava cansado, cansado, muito cansado mesmo.

Piano abandonou a estrada, foi até a beira do mato, subiu num pé de jatobá-do-campo. De lá tentou enxergar, mas era impossível. O mato tapava tudo. Subiu mais até os galhos fininhos, de modo a ficar com a cabeça acima da fronde, mal se equilibrando nas grimpas. Perigo de o galho partir e ele despencar para o chão. Jatobá não é feito goiabeira que morgueia, jatobá costuma quebrar de uma vezada só. Nesse meio-tempo o jatobazeiro pegou de balangar. Um pé de vento, chamando guia da chuva, sacolejava o mataréu, desengonçando as árvores, descabelando-as. Num momento que o mato se espandongava, saracoteando, Piano pôde vislumbrar sua roça. O terreno enegrecido, sujo de troncos queimados, nu de qualquer plantação, onde o capim já pegava a crescer afobadamente de parelha com as árvores derrubadas que deitavam brotos novos.

Gotas gordas debulhavam do céu, esborrachavam nos galhos do jatobazeiro e nas suas folhas duras, molhando as costas de Piano, sua cabeça, o mato ao redor. Uma canseira, um desânimo agarraram de novo o camarada e foi a custo que ele desceu do pau e se assentou encostado ao tronco, deixando que a água lhe molhasse a cara e a roupa rasgada suja.

– Ranjou enxada? – gemeu Olaia perto da fornalha quase apagada.

Piano não respondeu de imediato. Tirando com os grossos dedos uma brasa no borralho para acender o pito, balançou a cabeça negativamente, apenas.

– Inteirando dois dias que nós tá fazendo cruz na boca – continuou a mulher a falar no escuro.

Era uma voz pastosa, viscosa, fria. As palavras eram comidas quase que completamente, restando apenas o miolo. Para alguém que não fosse roceiro os vocábulos seriam ininteligíveis.

Num xixixi chiava a chuva fina na saroba que afogava o rancho. Insetos e vermes roíam e guinchavam pela palha do teto apodrecida pela chuva. Nos buracos do chão encharcado, escorregadio e podre, outros bichos também roíam, raspavam e zuniam.

– Inda se tivesse graxa a gente comia esse arroz daí – continuava Olaia espasmodicamente a falar e, com o beiço inferior esticado, indicou as duas sacas de semente que Elpídio ali deixara para a planta.

Como se a mulher houvesse devorado o arroz, Piano sentiu a modos que um coice no peito. O sangue parou nas veias e a boca amargou, correu até o canto e examinou cuidadosamente as sacas empilhadas sobre uns toletes de madeira. Não contente com o que seus olhos viam, apalpou os sacos, esfregou neles as pernas, sentiu que estavam intactos e lhe veio desta certeza um grande descanso, tamanho que deu um assopro igual ao de um cavalo no espojo, e os músculos relaxaram de vez. Só então percebeu que estava molhadinho, tiritando de frio. Quanto tempo teria ficado estendido no chão, ao pé do jatobazeiro, debaixo da chuva? Estava aí uma coisa de que não podia fazer ideia. Lembrava que o tempo escureceu de soco e a noite chegou com a chuva. E agora, que horas seriam? Devia de ser tarde, a escuridão era muita. Piano acercou-se da fornalha e quis reanimar o fogo, mas faltava lenha; foi onde estava o bobo e pegou a chamá-lo. O mentecapto roncava, revirando-se sobre os trapos de baixeiros suarentos, fedendo a carniça de pisaduras, estendidos no chão e que lhe serviam de cama. Piano empurrou ele com o pé. O bicho levantou-se zonzo, cai aqui, cai acolá, aos roncos, feito um porco magro; perto da fornalha, à luz escassa das brasas meio mortas, Piano lhe fez acenos até que o animal se dispôs a sair para fora do rancho. Piano tirou a roupa, jogou-a por cima de um varal e, como não tinha outra muda, amarrou nos rins um dos baixeiros que serviam de cama ao doente e se acocorou cautelosamente junto do fogo moribundo.

O bobo entrou fungando mais só peba e jogou uma braçada de lenha encharcada ao chão, com a qual Piano reatiçou o lume. A fumaça tomou conta do cômodo, ardendo nos olhos e fazendo escorrer o nariz. Olaia se mexia desajeitadamente, querendo acomodar as pernas frias de estuporada. Que nem um cachorro, era na beira da fornalha que permanecia dia e noite; ali cozinhava, ali lavava roupa e remendava, ali dormia, ali fazia suas precisões. Pernas dela eram o bobo, que ela conservava sempre encostado. Quando tinha de ir mais longe, amontava na cacunda dele e lá se iam aqueles destroços humanos pelos trilheiros, numa fungação de anta no vício.

Com as labaredas altas, o cômodo clareou e o bobo veio de seu canto com os trapos restantes, os quais estendeu perto do fogo e se aninhou de novo. Embrulhando tudo, a solidão como um bocado de picumã que a gente pudesse pegar com a mão. O ermo como que alargado com o trilili dos grilos, com o sapear da saparia e o grogoló da enxurrada crescida na grota, onde indagorinha as saracuras apitavam.

A porteira das terras de Seu Elpídio bateu. Batido chocho, como se estivesse empapada d'água. Olaia fez o pelo-sinal e seus beiços bateram uma jaculatória. Piano se levantou cambaleante, ajeitando a saia de aniagem, e foi encostar na porta do rancho.

A noite ia grossa, igual a um fiapo de babo de bobo, com o chuvisco pesado piriricando na saroba. Berros de reses brotavam de dentro do breu, e o cheiro de mijo e de gado chegava até as narinas de Piano, fazendo ele representar copos de leite espumoso e quente. E requeijão? Olaia sabia fabricar um requeijão moreno, bem gordo, para comer com açúcar refinado, com folha de hortelã!

"Como é que pode ter tanto vaga-lume, meu Divino?" – perguntava a si mesmo o camarada admirado da infinidade de pirilampos que riscavam a noite. Riscavam na copa dos muricis, dos paus-terra, das lobeiras da frente do rancho. Piscavam nos ares, aqueles traços de fogo imitantes fagulhas de queimada. "Que nem Homero Ferreiro". Homero com avental de couro, a peitaria à mostra, metendo o malho no ferro que espirrava pirilampos, enquanto a foice ia saindo, a enxada ia saindo. Ah, enxada! Se Homero não vivesse dormindo pelas ruas, amanhã mesmo iria encomendar uma enxada para Homero, enxada de duas libras. Se tivesse enxada, não seria novamente preso, não levaria chicotadas no lombo, não seria maltratado. Pela frente do rancho, os vultos negros dos cupins, das lobeiras, das moitas de sarandis eram ferreiros arcados nas forjas fabricando enxadas, as faíscas dos caga-fogos espirrando a torto e a direito, no escuro da noite.

Um tropel no chão batido e molhado. Uma voz.

– É o Nego, que mal pregunte?

– Nhor sim.

Tinido de freios e de esporas. Cheiro de animal molhado e suarento. Rangido de sela molhada e mal engraxada.

– Bamo desapear.

– Demora é curta. Noite tá escura despropósito. Careço de romper.

"O cavalo assoprou amigo. Tremeu o pelo debaixo dos baixeiros ensopados. O freio, os estribos, as esporas, as fivelas retiniram como faíscas. E do breu, como um arroto de bêbado, veio a fala do passante. Piano nem deu por fé. Era isso que tinha que assuceder. Era o jeitinho como ele esperava que ia acontecer. Parecia que tinham em antes soletrado tudo, por miúdo, para Piano. Até as palavras que o portador soletrava, Piano sabia que só podiam ser aquelas:

– Amanhã é Santa Luzia, soldado e vem amanhã.

Também não precisava enxergar. Piano sabia que Olaia se benzeu naquele seu modo esquisito, porque a porteira estrondou novamente dentro da noite, mas agora com uma força como nunca Piano imaginou pudesse existir. Olaia também recitava a jaculatória. Os ouvidos de Piano tiniam como se ele estivesse com dieta de quinino, mas eram as bigornas malhando. Faziam enxadas e mais enxadas. As faíscas espirrando do ferro em brasa. Muitos ferreiros, muitos Homeros martelando milhares de enxadas. Enxadas boas, de duas libras, de duas libras e meia e até de três libras.

Piano investiu até perto de um ferreiro graúdo, colheu uma enxada, revirou para o rancho e foi sacudir Olaia:

– Olaia, Olaia, vigia a enxada.

As labaredas brigavam com as sombras, pintando de vermelho ou de preto a cara barbuda de Piano arcado sobre a paralítica:

– Vigia só a enxada!

Olaia, admirada, passou a mão pelos olhos. Será que não estava dormindo? Por mais que procurasse ver a enxada que Piano lhe mostrava, o que percebia era um pedaço de galho verde em suas mãos. Talvez murici, talvez mangabeira. Mas ferramenta nenhuma ela não via. "O homem tava não regulando, será?" – pensou Olaia otusa.

– Enxada!

Piano avançou com ar decidido, atracou o saco de arroz, num boleio jogou-o ao ombro, as pernas encaroçadas de músculos retesos saindo por baixo do saiote de baixeiro, tão desconforme. O passo pesado e duro de Piano batendo incerto no chão molhado e escorregadio, cambaleando sob o peso dos 30 quilos, afastou-se socando, socando, e se perdeu no engrolo do enxorro na grota do fundo do rancho. Olaia quis seguir com os ouvidos os movimentos de Piano, mas o que vinha do negrume era um mugido de gado triste. Depois, quase sumindo, o latido de um cão, latido esquisito, Olaia jamais havera escutado um ganir mais feio, até ficava arrepiada na cacunda, upa frio! "Decerto, a morte que passou por perto ou tava campeando alguém."

– Olha a enxada, Olaia.

A mulher espantou-se novamente, pois estava cochilando, naquela madorna que a fome produz. Será que fora só um cochilão ou dormira um eito de tempo? Devia já ter passado muito tempo. E o cão com seu latido de mau agouro? Nem bois berravam. Mas o que via ante seus olhos horrorizados eram as mãos grossas de Piano manando sangue e lama, agarrando com dificuldade um bagaço verde de ramo de árvore. Seria visão? O fogo, o fogo morria nas brasas que piriricavam, muito vermelhas, tudo alumiando pelas metades. Piano mesmo, ela via partes dele: as mãos em sangue e lama, parte das pernas musculosas sumindo debaixo dos baixeiros, os pés em lama e respingos também vermelhos, seriam pingos de sangue? Um pé sumiu, ressurgiu, mudou de forma.

– Enxada adonde? – indagou a mulher, em desespero.

E Piano mostrava o mesmo bagaço de madeira esfiapado em fibras brancas do cerne e verdes da casca, exibia as duas mãos que eram duas bolas de lama, de cujas rachaduras um sangue grosso corria e pingava, de mistura com pelancas penduradas, tacos de unha, pedaços de nervos e ossos, que o diabo do fogo não deixava divulgar nada certo, clareando e apagando no braseiro que palpitava e tremia.

De novo o silêncio devorou o passo pesado, cambaleante e inseguro de Piano que levou o segundo saco de sementes para plantar, antes que o sol despontasse, antes que Seu Elpídio despachasse os soldados para espancar Piano, humilhá-lo, machucá-lo e afinal jogar no calabouço da cadeia para o resto da vida como um negro criminoso. As pálpebras de Olaia pesavam de sono. O mundo existia aos retalhos. Ela quis reagir, tacar o sono no mato, levantar-se, chamar Piano, acender o fogo e ver direito que história esturdia era aquela. Mas o silêncio era de chumbo, era como uma lagoa viscosa estorvando os movimentos e a vontade. O cão, o cão latia ainda? Ou voltou a latir naquele momento pontual? Ou eram grilos? Passarinhos? Eram galos? Um pântano o silêncio.

– Oi de fora!

"Será que estavam chamando? Chamando tão tarde? Para não ser Piano, quem estaria destraviado por aqueles ocos de mundo numa noite assim tão feia, em horas tão fora de hora?"

Olaia arrastou-se. Se não houvesse aquele chuvisqueiro de paleio por certo que o sol já devia de estar bem um palmo arriba do cerrado. Mas a manhã imitava assim um fundo de camarinha, escuroso de cinzento, tudo encharcado, pespingando. O que Olaia entreviu foi dois soldados na frente do rancho, montados a cavalo, as capas escorrendo água. De começo, não tinha certeza se eram soldados; mas aí eles contaram e, abrindo a capa, mostraram a farda por baixo. E tiraram para fora o fuzilão preto, muito grande demais. Os animais fumegavam e arfavam de ventas dilatadas, ressoprando o ar frioso.

– Tá na roça, meu amo – informou Olaia, com ũa mão apontando a roça, com a outra segura duro no bentinho do pescoço, preso pela volta de contas de lágrimas-de-nossa-senhora. "Bem que aqueles latidos não era boas coisa!" Soldado para ela tinha parte com o Sujo. Era uma nação de gente que metia medo pela ruindade. Soldado não podia ser filho de Deus. Nem convidou para desapear. "Que Deus me livre de um trem desse entrar no meu rancho!"

Como eles não atinassem com o caminho da roça, a paralítica deu explicação: pegassem o trilheiro que beiradeava o mato até sair na grota do corgo. Desse ponto já estavam avistando a roça, pra banda do braço direito.

Chegando na grota, logo os soldados viram a roça. Piano já havia plantado o terreno baixo das margens do corgo, onde a terra era mais tenra, e agora estava plantando a encosta, onde o chão era mais duro. O camarada tacava os cotos sangrentos de mão na terra, fazia um buraco com um pedaço de pau, depunha dentro algumas sementes de arroz, tampava logo com os pés e principiava nova cova. Estava nu da cintura pra cima, com a saia de baixeiro suja e molhada, emprestando-lhe um jeito grotesco de velha ou de pongó.

Os soldados aproximaram-se mais para se certificarem se aquele era mesmo o preto Supriano. Tão esquisito! Que diabo seria aquilo? Aí Piano os descobriu e, delicado como era, suspendeu o trabalho por um momento, para salvá-los:

– Óia, ô! Pode dizer pra Seu Elpídio que tá no finzinho, viu? Ah, que com a ajuda de Santa Luzia... – E com fúria agora tafulhava o toco de mão no chão molhado, desimportando de rasgar as carnes e partir os ossos do punho, o taco de graveto virando bagaço: – ... em ante do mei-dia, Deus adjutorando...

Um soldado que estava ainda em jejum sentiu uma coisa ruim por dentro, pegou a amarelar e com pouco estava gomitando. O outro chegou para perto do que se sentia mal e se pôs a favorecê-lo com uma ajuda. No que, eles conversavam, trocando ideias. De onde estava, Piano não podia ouvir, mas teve medo. Teve muito medo, mode a cara de um dos soldados. Embora de longe e olhasse só de soslaio desajudado da luz embaciada da manhã chuvosa, pôde o camarada observar que a cara do soldado se fechava, como que escurecia anoitecida e inchava num inchume de ruindade, recrescia de vulto, virava feição de Seu Elpídio, até os dentes de ouro relumiando fogo de satanás. O soldado se sacolejava vestido na capona de chuva; e preto, catuzado, dava sintoma assim de urubu farejando carniça, nuns passos asquerosos de coisa-ruim. Vote!

Aí o soldado abriu a túnica, tirou de debaixo um bentinho sujo de baeta vermelha, beijou, fez o pelo-sinal, manobrou o fuzil, levou o bruto à cara no rumo do camarada.

Do seu lugar, Piano meio que se escondeu por trás de um toco de peroba-rosa que não queimou, mas o cano do fuzil campeou, cresceu, tampou toda a sua vista, ocultou o céu inteirinho, o mato longe, a mancha por trás do soldado, que era o sol querendo romper as nuvens.

Os periquitos que roíam o olho dos buritis da vargem esparramaram seu voo verdolengo numa algazarra de menino, porque o baque de um tiro sacudiu o frio da manhã. Nalgum ponto, umas araras ralharam severas.

No rancho, cuidando que foi baque da porteira, Olaia fez o sinal da cruz e gungunou dente no dente: "Nossa Senhora da Guia que te guie, meu irmão". Certamente eram os capetas que lá iam de volta para a cidade, pensou ela, que ficou com os ouvidos campeando outros rastros, mas o tempo se fechava ainda mais de céu baixo, e longe, como um fiapinho sumindo no horizonte, era o mesmo uivo de cão que ouvira durante a noite – "credo!".

Olhava-se para a banda da Mata, vinha gente. Olhava-se para o lado do Barreiro, vinha gente. Para onde quer que se olhasse estava gente chegando para a festa do Divino Espírito Santo: gente de a cavalo, cargueirama, carros de bois e uns poucos de a pé. Os pastos da redondeza logo pretejaram de animais, de bois de carro, polacos e cincerros tilintando. O diabo da minha égua rosilha que eu deixei peada na beira do rio, não é que a peia sumiu, gente!

A cidade como que engordava, uma alegria forte abrindo risos nas bocas, muita conversa, apertos de mão e abraços. "Ara, comadre, e eu que achava que a senhora nem num vinha. Apois, então eu ia soltar seu compadre no meio de tanta moça bonita! É baixo, uai! Cavalo velho num reseste eguada nova."

Muitas casas que permaneciam fechadas, tristonhas, ver tapera fora da quadra da festa, agora se abriam, com a roceirama entupindo as salas, sentados nos toscos e pesados bancos de jatobá encostados nas paredes, ou agachados pelas cunzinhas, pelos quintais, numa conversa cheia de risadas que entravam pela noite adentro. Debaixo de uma tolda, na porta da venda de Zé Roxinho, montaram dois gamelões e a jogatina ia entusiasmada até tarde da noite, rendendo já alguma pancadaria.

Algumas casas haviam sido rebocadas e caiadas, o que deu ensejo a que Martinho pedreiro ganhasse uns pedaços de rapadura, uns metros de pano ou um tiquinho de dinheiro.

Em casa de Neca havia um ror de gente arranchada. Também em casa de Chiquinha do Amaro. A bem dizer, chegaram hóspedes em todas as casas, excetas as casas dos graúdos, como o coronel, Donana e Seu Evangelista. Esses não tinham parentes pobres moradores na roça e não aceitavam roceiro em casa. A casa de Capitão Benedito estava que não cabia de genros e noras, cada roceirão de pé mais grosso que casco de boi, camisa de banda de fora das calças, facão jacaré na cintura. Passavam o dia agachados pelos cantos, chapéu enterrado na cabeça, ronronando conversas pontilhadas de risos tossidos e soltando cada gusparada que inundava a sala. A conversa era em torno de bois, vacas, cavalos, porcos, sela, capa, mantimentos e fazendas. A festa era uma grande feira para negociatas e badrocas. Que o leilão ia ser muito arrojado, que Estevo da Estiva deu um par de novilho mestiço de zebu, um trem chique mesmo. Capaz que alcance bom preço, pois o compadre Niceto andava roncando que os marruás eram dele, mesmo que tivesse de vender a fazenda inteira.

– Mas vende, hem!

– Aquilo é farroma só, que besorro também ronca.

Por trás do balcão da casa de comércio do coronel, Hilarinho não dava conta do serviço. Até meia-noite a labuta pesada, atendendo o queijeiro molengo e inzoneiro, que gastava duas horas para comprar um carretel de linha ou um par de ouvidos de espingarda.

A cidade inteira retinia com o retintim das enxadas limpando o mato dos quintais das casas que permaneceram fechadas durante o ano. Os moradores da cidade também se valiam da quadra da festa para limpar as calçadas, capinando a grama que crescia entremeio às lajes, abrir uma estradinha no largo, enfim, dar um toque mais urbano à cidade tão rural.

Na porta da igreja, os mordomos cumpriam suas tarefas: as fogueiras do Divino, de São Benedito e Santa Ifigênia iam-se erguendo. A do Divino naturalmente que era a mais alta e larga das três. As restantes eram de santos de negro e de pobres e não podiam ter a imponência, a intimação das outras, que isso até era mesmo uma determinação de Deus Nossinhô. Ainda no céu haverá de guardar estatuto de primazia e lá mais do que na terra isso de grandezas e honrarias era muito baseado, com poder de castigo para quem não cortasse em ribinha do risco.

Os mastros, pela mesma forma, se arranjavam: a pindaíba foi descascada e agora pintavam nela as cintas de toá e oca, enquanto prendiam aqui e ali pencas de laranjas e ramos de flores.

Seu Amadeus das Porteiras tinha sido sorteado Imperador do Divino e estava numa lavoura desde uns seis meses, preparando os doces e as bebidas para a mesada. Esse trabalho ocupou Inácio de Flores, Maria do Galdininho e outras mulheres hábeis na fabricação das verônicas, alfinins, doces de cidra e mamão, as quais favoreciam o festeiro no arranjo dos enfeites para a mesada.

Meio-dia, o sino repicava e redobrava, os foguetes estralavam no ar. Mestre Francisquinho comandava a bandinha que espantava a quietude e chamava para a porta da igreja a meninada roceira, cada qual com a cara mais espantada por baixo dos chapéus novos desajeitados.

No de repente, pra banda de baixo armou-se um tendepá, aquele guaiú, que vinha vindo para cá. Assovios, gritos, empurrões, epa, arreda, gente! E-vem, e-vem, a poeira toma conta, as portas e janelas ficam entupidas de gente, alguns comendo, outros pitando, mulheres carregando crianças, outras dando de mamar. Será que é soldado prendendo gente? Ei, que falaram que é João Brandão que já sujou o caráter e vem, mas vem com vontade de meter bala em todo o mundo! Fasta, negrada, que é boi brabo.

Que João Brandão que nada, que tudo isso é festa, ara!

Na porta do coronel o bloco abriu-se em redemunho.

Um homem forte carregava na cacunda ũa velha magra que nem um louva-a-deus. Aí, na porta do coronel, ele largou a mulher no chão, a qual saiu se arrastando, sururucou na loja e garrou a pedir esmolas. Em respeito ao coronel, a meninada dispersou-se, mas ficou pelas imediações querendo tacar pedra e cochichando e fazendo gatimônias. O filho de Diomede, esse que era do comércio e menos respeitador, pegou a gritar:

– Otomove!

Era o apelido que haviam outorgado aos infelizes.

– Otomove – respondia o coro.

Com pouco de prazo, a molecoreba amontoou novamente gritando, rindo e assoviando. Novamente o homem trotava baldeando a velha na cacunda. Adiante, soltou-a na calçada e ela se arrastou, entrou noutra loja e se pôs novamente a pedir um auxílio pelo amor de Deus, que favorecesse uma pobre aleijada que tinha ainda a desdita de sustentar um filho surdo-mudo como aquele.

Ninguém nunca não vira essa gente? Isto é, apareceu ali na rua uma conversa que o vigário teria dito que aquela velha era a mulher e o bobo era o filho de um tal de Supriano, por apelido Piano, um sujeito papudo, muito delicado demais, que por derradeiro foi camarada do delegado e do Capitão Elpídio Chaveiro.

– Ah, bem que eu falei que tava reconhecendo as feições. Conheci muito esse tal de Piano – disse capitão Benedito, o qual, descendo do mocho furado posto do lado de dentro da janela da sala, veio praticar com o par de mendigos.

Inquiriu, reinquiriu, mas era dificultoso demais entender aquela gente. O bobo era bobo inteirado, de só roncar feito porco. A mulher até que era boa de língua, mas não explicava nada. Informava que sempre morou no mato e que não tinha ido nunca numa cidade, no que muita gente desacreditava. Então seria isso possível, uma pessoa já derrubando os dentes e nunca ter visto uma rua, qual! Via-se que ela desqueria dar seguimento a qualquer definição.

– E Piano? Piano era seu marido?

– Nhor não. – E a mulher fechou a cara brabosa, mascando cada palavra como quem come raiz de losna.

E de toada pegou a dar arrancos no braço do bobo, o qual se aprochegou e foi arcando para o chão, feito um cavalo ensinado e num "upa" ela já estava em riba da cacunda dele.

Nesse auto, o bobo também está muito brabo, braceja, aponta para o começo da rua, dá sinais de pavor e está querendo escapulir. A mulher também profere uns sons que o bobo entende e ela igualmente está irada, retreme e gesticula, até que o bobo desabala pela rua fora numa corrida dura, sacudida, desconchavada, com os calcanhares socando as lajes. A molecada grita, assovia, joga pedras e tampa atrás do casal.

– Que será que eles viram? – pergunta Neca.

É. Que será mesmo? No começo da rua não tem nada de anormal. O que vem lá são um cabo e um praça.

– Será que é medo de soldado? Capaz – conclui Neca.

ROSA

Quano entra mês de agosto,
Os ar tudo entristece.
Os passarim canta triste

Naquele sertão deserto.
Eu também vivo cantano
Pruque sei que a morte é certo.

(Moda de Viola,
Folclore Goiano.)

Foi numa hora de almoço. O dia, era um dia claro, de muito sol, as andorinhas voavam no beiral. Na porta da rua ouviu-se um ruído. Um saco de roupa jogado no chão? Em seguida um gemido como se alguém velho ou muito cansado se assentasse.

O filho parou de comer, olhou para o pai e depois interrogou a mãe com um olhar. A mãe deu às feições um ar cômico de espanto, como quem diz: sei lá o que é isso! Seu Reimundo percebeu todos os gestos, mas fez de conta que os ignorava e continuou contando um caso. Que caso seria mesmo? Era de um sujeito que havia comprado um burro, mas quando acaba o burro não era... Sim, mas acontece que Seu Reimundo tinha uma jeriza danada de que o procurassem durante as refeições. Para o almoço e para o jantar, na falta de caixeiro, fechava a lojinha e ia comer. As refeições eram tomadas quase às escondidas, fechadas as portas e janelas que davam para a rua, como se comer fosse ato proibido ou indecente. Existiam roceiros e vagabundos que farejavam de longe a comida, entravam pela casa dentro e submetiam Seu Reimundo ao dilema: ou me dão de-comer ou não me dão de-comer.

Se Seu Reimundo desse o de-comer teria que suportar a despesa, teria que arcar com o risco de se contaminar com as doenças que esses filantes geralmente traziam, repelentes e transmissíveis. E teria que passar vexames, o hóspede sempre sairia falando da pobreza da mesa, da pobreza dos pratos e talheres.

Se não desse comida, arcaria com a maledicência do povo, com o comentário de cauira ou ridiqueza, e até perderia algum possível freguês.

O remédio era amoitar-se. Se alguém batia, como naquele momento, Reimundo não se movia. Deixava que o sujeito cansasse de sentar os nós dos dedos na madeira dura e croquenta da porta e se fosse embora. Ou que esperasse.

No trivial, quando alguém batia, tomava a refeição ainda mais devagar. O filho é que na sua inocência dava o cavaco, engolia depressa o feijão e se dispunha a ir atender. Porém Reimundo requintava na maldade de conter-lhe a curiosidade: Não. Ninguém fosse ver. Não esperava nada nem ninguém àquela hora. E punha uma lentidão irritante em comer. Pachorra forçada que desesperava o rapazinho e a mulher de Seu Reimundo, temperamentos não completamente domados pelas conveniências do lugar.

Aí, bateram na porta.

O pai levou uma garfada à boca, bem calmo. Entretanto, o menino não se conteve:

– Tem uma gente gemendo aí!

Seu Reimundo perseverava em ignorar o mundo externo à mesa de refeição e prosseguiu que o burro, quando foram ver, não era do vendedor. Era roubado? Talvez. Isto é, roubado não seria justamente o termo. O burro tinha si... Mas nem a mulher nem o filho ouviam o caso ou o entendiam. A atenção de ambos estava grudada à porta da rua, nas mil cogitações do que lá estaria acontecendo. "O caso só seria para atrapalhar." Então, por vingança, o rapaz passou a assuntar que o pai tinha uma maneira terrivelmente meticulosa de narrar. Casos certos demais, muito plausíveis. Sua voz também era sempre titubeante, numa angustiosa busca do vocábulo mais anódino, aquele que traduzisse a ideia de modo mais vago e incapaz de ferir a susceptibilidade de quem quer que fosse. Certamente que agravar o coronel era um imenso estorno para qualquer pessoa.

– Pois é. O burro tinha ido parar na mão desse tal vendedor...

A mulher e o menino já não sentiam necessidade de comer. "Desgraça de história mais sem pé nem cabeça. Por sinal, de que estava falando Seu Reimundo? A propósito de quê? Ah, era de um burro. Furtaram ele ou não furtaram? De quem era mesmo? Diabo de casinho mais chué!"

– Um homem esfaqueado, será? – aventurou o menino que, por cima de todos os ruídos, parece que ouviu na porta da rua sons sugerindo gente esfaqueada.

De seu lugar, a mulher fez nova careta de horror, os olhos cresceram, arregalaram-se, mostraram todo o branco em torno da íris, levou a mão à boca: "Meu Bom Jesus!"

– Homem esfaqueado! – impacientou-se o pai, a quem a curiosidade do menino era quase um insulto pessoal. – Quem ia agora esfaquear esse homem, ora essa! Não vê que isso é impossível?

O rapazinho largou o prato e ficou decididamente à espreita.

– Se fosse um ferido então viria para a nossa porta? Ia para a farmácia, para a porta do delegado. Não é nada. Acabe o almoço, ora! – completou o chefe.

Novamente o mocinho teve enjoo da exatidão do pai. "Por que não podia ser um ferido? E por que não poderia vir para a porta de sua casa? Era mais lógico que fosse para uma farmácia, mas as coisas acontecem sempre e sempre com lógica?

Já mexiam na porta do corredor. Abriam a tramela, será? Empurravam a porta? Sim. Empurravam. Tanto que a porta rangeu. Era uma porta emperrada, pesada. Passos, passos se aproximavam. Menino e mulher viravam-se no banco e ficaram de olhos fitos na entrada do corredor.

Uma mulher lá surgiu, pedindo louvado:

– Sus Cristo, patrão!

Dona Rita se levantou, o fôlego parado, emocionada, e foi atender:

– Bom dia, você...

– É. Num vê que a gente...

Sim. Era Rosa. Queria morar ali, poderia cozinhar, lavar roupa. Rita não gostava de cozinheira. Ela mesma cozinhava. Quer dizer que não é que ela não gostasse: é que ela, cozinhando, sempre economizava mais os mantimentos e os temperos. Que cozinheira, quanto melhor, mais gastadeira, ah, isso não tenham dúvida. Depois, com os tempos bicudos que andam!

Rosa, entretanto, emburrou, não queria ir para outro lugar:

– Sô chegante, sá dona, num cunheço ninguém no começo...

Seu Reimundo passou o rabo de olhos na chegante e não disse nem arroz. Acabou de comer, levantou-se, tomou no pote de varanda seu caneco d'água, pinchou o sobejo na parede, e a seguir entrou para a loja, chupando os dentes.

Rosa não queria ganhar nada. Rogava somente um canto pra mode dormir, um tiquim de comida mode não morrer de fome:

– Tô andando bem um mês e quê...

E explicou que o pai morrera, ficando sozinha nesse mundão de meu Deus. Que morava longe toda a vida, num lugar que tinha serras altas luminosas, com um rio escuro e gemedor: – A gente anda cinco léguas num dia; eu andei pra mais de mês até esbarrar nesse comerço.

E Rosa se foi ficando para lavar uma roupa, rachar lenha, pilar arroz, socar paçoca, capinar quintal, torrar e socar café, fazer sabão, buscar água na bica. Cozinhar ela bem que principiou, mas Dona Rita desistiu.

Não havia ninguém que aguentasse engolir seu feijão dessorado, seu arroz grudado na panela, sua mandioca cozida com casca e tudo, suas carnes mal refogadas, geralmente destemperadas, pois onde ela nasceu e se criou o sal era muito vasqueiro e carecia de estar não gastando sempre.

Buscar água na bica da rua também era serviço de que não gostava. Ia de madrugadão, estrelas de fora, e voltava com o pote cheiinho de água morna, o cuitezinho boiando para não derramar. De longe, se ouvia o trequete-treque do cuité batendo no pescoço do pote.

Nutria pela rua um surdo receio, incerto temor de dano ou possível perigo, olhando-a às escondidas, como se olha um bicho feroz ou nojento. Quando chegava à porta ou à janela, o que era muito raro, metia a metade da cara, conservando a outra metade oculta. À igreja ia de noite e lá ocultava-se num canto escuro, bem atrás, debaixo da escada do coro, de parelha com a preta Inácia, que a ensinou a embrulhar-se no xaile, misteriosamente. Para ir, ia calçada de chinelos, mas voltava com eles nos dedos.

Se havia aglomeração na rua, Rosa metia-se pelos fundos dos quintais ou pelos becos, com o intuito de esquivar-se dos grupos de homens. E resmungava.

Calma, sempre séria, nunca loquaz, ela ficava um tempão danado quieto na cozinha, numa quieteza tão humilde e vegetal que a gente tinha a impressão de que ela se dissolvia no ambiente.

Identificava-se, nesses momentos, de tal forma com a natureza que as rolinhas fogo-apagou que fogo-apagavam no telhado da casa pelas três horas da tarde, desferiam seus voos curtos e sibilados e vinham pousar na cozinha, para pinicar o arroz que Rosa catava no apá de seda do buriti. E as galinhas se aconchegavam, confiadas, trocando com a mulher aqueles pequenos acordes que elas costumam trocar entre si. Até sanhaço, de seu natural tão arisco, até esses, em pulos elétricos, piavam e triscavam na janela e desciam ao pilão e daí voavam para o terreiro. Tico-ticos também vinham, mas esses ela enxotava. Era bicho excomungado que ensinou para os judeus adonde Nossa Senhora estava escondida. Quem matasse um tico-tico e passasse o dedo no vão das suas perninhas, haverá de sentir um cabelo as prendendo. Era a peia que Deus botou nele pro resto da vida. Num vê que o bichinho só veve pulando?

– Ei, ei!

Sá Rita tinha que deixar de lado a costura e vir acordar Rosa de seu estupor. Nesses momentos, os olhos dela tinham um palor vítreo e manso, estampando paisagem de um céu fumacento, imensas pradarias amarelentas pela seca.

Isso sucedia vesprando chover. Fins de julho, sem mais nem menos, Rosa pegava a olvidar as coisas, a recolher-se nos seus mutismos rodeados de aves.

Outras vezes era ali mesmo na varanda, no cabo do ferro de engomar, os olhos entrevados num rumo qualquer e uma ânsia tenebrosa no focinho e nos membros. Era ver um tronco seco de pau. Mas nunca sossego físico poderia dar ideia de tanta força, de tanto movimento: seres suarentos, enovelados em músculos, derrubavam roças com pesados machados; chamas desvairadas devoravam campos e matas; lutas, queixumes amargos de morte, de transes dolorosos de ingratidão e sofrimentos ignorados; vozes falando linguagem pesada de feitiços e superstições; muitas murmurações povoavam o silêncio da mulher.

Eram as chuvas. As águas que se aproximavam.

Daí uns dias os cerrados calcinados deliravam no amarelo das caraíbas e o roxo das sucupiras. No mar de frondes das matas alvorecia a lüa dos ipés. Rosa então não tinha parada. Só, cantava num tom gutural canções de uma simpleza desconcertante, com longas vogais se repetindo nessa monotonia de resmungo, de gungunado de prece, soluço de negro remando em rio, gemido de gente cavando fundo.

> Oiê tirê las-ca...
> Coquê-ro
> de cinco fruquia
> é de ma-mauê

Fora, agosto rolava seus dias fumarentos. Nos horizontes erguiam-se rolos de fumo das roças queimando. No bochorno mais urgente o pio dos bichos no cio.

Oiê tirê las...

Na vendinha que era na frente da casa de residência, Seu Reimundo conversava com alguns fregueses, que os cavalos deles cochilavam amarrados aos frades. Eram os últimos da temporada. Nessa quadra do ano o povo estava ocupado em ultimar as derrubadas atrasadas, fechar as roças com cercas, aceirar, queimar as derrubadas, fazer alguma planta no pó, atividades que os alongavam do comércio. Se não cuidavam do chão, cuidavam das reses que a seca definhava, da vaca parida em ante da lũa.

Na rua paradíssima, o capim secava com a seca. Um ou outro boi cambaleante de magro vinha roer a grama meio verde dos lugares úmidos, como ali perto da bica e ao longo do rego que levava as águas servidas da casa do Capitão Benedito para a grota. Papa-capins e passo-preto desciam em nuvens sobre o chão, catando aqui e acolá as restantes sementinhas de capim, numa camaradagem íntima com o boi magrelo e tristonho. E cantavam:

> Pisa no chão,
> o chão funda;
> pisa na terra,
> a terra racha.
> Se pisar na cabeça daquele morro
> será que ele num racha não?
> Finca, finca, eu ranco;
> eu ranco, eu ranco.

Mosquitos tiniam, querendo entrar nos olhos, na boca, nas ventas, nos ouvidos do homem. Seu Reimundo os enxotava e tentava vender ao roceiro matreiro sua mercadoria. Era coisa muito sem valor: ouvido de espingarda, galão para defunto, agulha, desmazelo, travessinha para cabelos, alguma chita. O freguês inzonava, reparando tudo, molhando o dedo no guspe e passando nos objetos, mode ver se não desbota...

Rosa estava grudada no ferro de engomar, passando umas roupas, perto. Dona Rita costurava seus panos, no tarará da maquininha. Era preciso remendar e remendar sempre, fiel ao ditado: "Remenda teu pano que durará um ano; remenda outra vez que durará um mês; torna a remendar que ainda há de durar".

De repente animais relincharam lá fora e Rosa ficou sarapantada.

Suspendeu a passação e ficou de orelha em pé, feito um coelho campeando barulho. Carros roucos rangiam longamente na distância mais longa, rolinhas fogo-apagou rogavam praga no telhado, galinhas cacarejavam tomando banho na poeira fina do quintal, ao monótono engrolo de algum galo broco. Sobretudo, o zinir estrídulo dos zumbis. Num zis parece que todos os zumbis disparavam a zinir seus zis-zis-zis. Com pouco, também paravam de uma vez.

"Quede os meninos? Por onde andavam eles que não espantavam o diabo daquela galinha que estava cantando de galo? Isso era sinal de azar, era mau agouro, minhas almas do purgatório!"

Lá fora, os animais relincharam novamente.

Rosa não se conteve. Esbarrou o serviço, foi até a venda e, pondo meia cara na porta, salvou os fregueses e ferrou na prosa com o dono do cavalo rinchador. Eram conhecidos lá do sertão, retardatários na compra. Tinham arranchado com o coronel e estavam na lojinha de Seu Reimundo para adquirir uns artigos de que o coronel estava em falta.

Ali era assim, as comitivas que vinham do sertão já na entrada da rua topavam uma pessoa do coronel que as conduzia para o rancho dele. Os chegantes tinham pasto para os animais e acomodação para si. Se eram fregueses do coronel, o arranchamento e o pasto eram de graça.

Rosa convidou o conhecido e o outro para a varanda e daí foram para a cunzinha. Um, grossão, falripas salteadas de barba espetando a cara balofa de lombriguento, olhos apertados de índio, se agachou num canto, o chapéu de couro equilibrado na cabeça; o outro, magro, olhar velhaco, um facão jacaré de palmo e meio na cintura, camisa com botões de linha da banda de fora das calças de algodão cru, esse ficou no rabo do fogão.

Rosa moeu o café no pilão, coou, lhes serviu, depois assentou-se numa banquinha e as baforadas dos cachimbos de barro chegavam a escurecer mais a cunzinha negra de picumã. Baixa, lenta, a conversa escorria feito um azeite encorpado, olhos sem se fitarem. O grossão falou e todos ouviram calados, sérios, os olhos baixos. Rosa falou, indagando como iam as coisas no sertão, lembrou nomes, pessoas, lugares, falava de banda, a cara pra lá. Depois repostou o magro e todos ouviram contritamente. Vez por outra um ria e todos riam. Um riso curto, de que somente a boca participava, permanecendo o resto do semblante imutável, e a conversa prosseguia monótona, nessa toada sonolenta de uma pequena corredeira perdida numa grota, no meio do mato, que a gente caça e custa muito a descobrir. Depois, um atrás do outro, saíram.

Rosa nessa tarde estava desenvolta, satisfeita, completamente livre. Estava provado perante Dona Rita e Seu Reimundo que ela "num tinha nascido no oco do pau não", que tinha conhecidos e amigos. No lugar adonde nascera, seu pai era muito gostado de todos e tinham uns parentes lordes toda a vida para as bandas da Bahia. Ela num era defunto sem choro não.

Os tais se foram e bem uma semana ela ficou se lembrando deles, contando casos do pai, falando da serra lumiosa, do rio gemedor, do gado que uns homens da Bahia tangeram apôs de socar o punhal no velho na porteira de mais de fora do curral. Agora, a moda que cantava era alegre:

Oi, minha madrinha,
oi minha madrinha,
camisa de chita,
botão de linha,
num quero essa moda
em camisa minha,
num quero essa moda
em camisa minha.

– Que é que os conhecidos vieram fazer? – perguntou Dona Rita, enxergando neles, por intermédio de Rosa e seu parentesco, futuros possíveis fregueses do marido.

– Vinhero comprar sene, esponja-do-mar, sal e cumpri uma promessa pra Nossa Senhora da Penha.

Durante alguns dias ainda falou do pai, das lavouras, dos panos que a mãe tecia no tear. Depois voltou ao ramerrão costumeiro, metida no seu canto, fazendo as coisas que lhe eram determinadas, deitando-se com as galinhas nos dias normais e levantando-se com as estrelas no céu. Sempre suja, metida no vestido de algodão cru, tomando banho rarissimamente, dormindo sem lavar os pés, fedendo a suor acre de cavalo pisado, mijando em pé e enxugando as pernas com a saia. Muitas vezes dormia na cozinha, encostada na fornalha, a cabeça do cachorro. – Tigre – no colo.

Tinha dia que encafifava:

– Mas cuma é que esse pessoal veve? Num tou vendo ninguém não tocar roça, uai.

Para ela, todos deveriam fazer roça, criar bois, cavalos, porcos, tecer pano, fazer chapéu e sabão. Como não visse Reimundo fazer nada disso, tinha-o em má conta. "Homem preguiçoso e inútil". Cheia de desconfiança, perguntava com ódio:

– Quem que dá esses terém mode ele vendê?

Dona Rita tentava explicar que ele comprava da fábrica lá de baixo e que vendia para o povo. Nem tudo que ganhava era dele. Mas Rosa via tudo isso com amarga desconfiança: "Hum!"

Servido o jantar, lavados os pratos e panelas, aguados os canteiros de cebolas e couve e as panelas de cravos e violetas, Rosa descia para o quintal que era grande e bem plantado e lá ficava até alta noite reunindo gravetos, fazendo coivaras.

– Venha deitar, Rosa.

– Já e-vou já, já.

E as chamas sacudiam lenços na noite escalavrada dos pios rouquenhos dos joões-corta-pau, cambaleando seus voos trôpegos pelas encruzilhadas mal-assombradas.

O vulto ossudo de Rosa recortavase diante das chamas até noitão, quando um sereno mais grosso pegava a umedecer a terra e as cauãs deixavam de regougar seu mau agouro. Pelas estradas do sertão, indecisas e tortuosas estradas, ficava apenas a gagueira do pássaro: "João, corta pau. João, corta pau".

O vento soprava rasteiro e incerto, mudando sempre de rumo, como que caçando jeito de campear as chuvas pelos quadrantes do horizonte.

Quando a ventania bulia com o folhame, Rosa fazia uma cruz com os dedos indicadores, mode espantar o Saci: "Tesconjuro, bicho feio!"

Perto dela estava Tigre. Ia para aqui, ia atrás; ia para acolá, também ia ele. Ela se abaixava para apanhar uma pedra, e Tigre corria para cheirar-lhe a mão; Rosa se levantava, Tigre levantava para ela os olhos cheios de fraterna compreensão, abanava o rabo e se deitava perto da coivara, coçando a gafeira do encaixe do rabo.

Na quieteza, ouvia-se um cavaquinho cavacando a solidão, enquanto uma frauta suspirava velhíssimas modinhas sob o luar enfumaçado, próprio para alumiar almas do outro mundo. A coruja de mato virgem passou recortando mortalha. Seu vulto branco, enorme, tirou Rosa de seus cismares, para dizer um creindeuspadre. "Coruja é bicho de mau agouro, inda mais coruja moradeira em torre de igreja da moda daquela!"

Nisso o relógio da igreja batia. Quantas horas? Rosa sabia que eram 9 ou 10 ou 11, que pouco lhe importava o tempo, mas contava com imensa seriedade pancada por pancada do solene relógio. E quando ele repetia, tornava a contar, sempre achando que não contara certo. Depois, como semente na terra, o silêncio parece que inchava, dilatava, tomava conta do vale do rio e era palpável, visível, um bloco compacto de caligem e breu. O horizonte era o regougo do curiango: "Corta pau, João, corta pau".

> Meu amigo, bamo simbora,
> que esse mato tem caiambora.

E assim dizendo Rosa e Tigre recolhiam-se à casa.

Pelos campos queimados, arrebentavam brotinhos verdes. As árvores ressequidas pela seca e pelo fogo que se viam na beira do rio e no fim das ruas também principiavam a deitar gomos verdes. Principalmente no vale onde se assentava a cidade, a fumaça se adensou de tal forma que mal e mal se vislumbrava a serra do Tombador e o morro do Rabicho, no horizonte. No bochorno vermelho das tardes, rechinavam carros de bois, baldeando o resto do milho para os paióis. E sabiás desesperavam-se a cantar.

A poeira era uma coisa por demais, sujando as caras, sujando as roupas, enegrecendo mais ainda o céu fuliginoso; essa poeira que o vento irrequieto sacudia nas estradas puídas do sertão. E o vento era um animal vivo. Não sossegava nunca, zumbindo dia e noite, assoprando os ouvidos da gente, varrendo o pó, arrastando os gravetos, acendendo as queimadas, esturricando mais ainda os velhos chapadões escalvados, arranhados de estradas, de cuja terra chupava o derradeiro pingo d'água. Um céu defunto escorava-se nas centenas de pernas dos bulcões de fumaça que se erguiam das queimadas.

– Chuva não deve de tardar – comentava capitão, espreitando o céu encardido.

– A chuva... – Neca repetia a palavra num eco, a boca seca, dente no dente. Não tinha terras para lavrar, nem gado para tratar, nem dinheiro para comprar mantimento quando viessem as colheitas. Portanto, tanto fazia chover como não.

Quem se entusiasmava era o Maneta. Desentocava-se da Rua da Palha e vinha trocar ideias:

– Eh, capitão, escuitou esta noite os guaribas? Choraram bonito pras bandas do Engenho, chamando chuva.

Capitão não dava trela. Ele andava incomodado com João Brandão que fugiu do lugar lhe devendo somas elevadas. Assim, as palavras do aleijado entravam por um ouvido e saíam pelo outro. Em vez de falar em chuva, capitão interrogava:

– Adonde foi Seu João, Chico?

Agora era o Maneta que não se interessava pelo assunto, que respondia qualquer coisa e voltava a perscrutar o céu e o tempo.

Chuva não tardaria. Urro de jumentos, rascar impertinente de "rapa--cuias", gritos estrídulos dos pica-paus cutucando as guairobas, a ronda do gado pelos currais, berrando, berrando – tudo anunciava as águas de modo iniludível. Rosa também as anunciava. Lá estava ela esquecida de si mesma, no fundo do quintal, banhada da luz vacilante dos garranchos queimados, estática, como se ouvisse o pipocar do chuvisco nos buritizais do sertão.

Oiê tirê las...

Até o vento. O vento ventando já num rumo só, de toadinha. No coqueiro do quintal, as camburonas batiam estalado, açoitadas pelo vento.

Muitas vezes, altas horas, as camburonas batiam com força, como se alguém conduzisse cabaças. Tão alto que Rosa acordava e se levantava para ver o que seria. "Muito capaz de ser índio batendo caixa".

O dia não acordava. A velha Desidéria chegou à porta do rancho e gritou para a mulher do Maneta, do outro lado da Rua da Palha:

– Já é oito horas, será?

– Oito horas foi ontem. É pra ser quase meio-dia, Sá Desidéria – respondeu a outra, interrogando o céu sem sol, naquele dia noiteiro.

A fumaça sumira da paisagem, condensando-se em pesadas nuvens que toldavam o céu e roçagavam baixas, esgarçadas, lerdamente pelos picos da serra do Tombador e do morro do Rabicho. O chão era triste: onde era vermelho, ficava um vermelho pesado, de sangue coalhado e morto; onde era branco, o branco era apagado, com essa alvura duvidosa de ossada velha. O gado berrava e tornava a berrar aqueles berros em mõõ que doíam fundo, cheirando o ar molhado de chuva, soprado por um ventinho rasteiro e arquejante que arrastava o resto de erva que as criações não comeram.

Com o descambar do sol, o céu empretejou de vez; um barrado de nuvens escuras pendia da fímbria do horizonte escurecendo o morrame, dando-lhe um tom de azul-marinho misterioso e amedrontador. Das copas reverdecidas das laranjeiras, cafezeiros, jabuticabeiras e mangueiras os sabiás-de-rabo-mole atiravam pios aflitíssimos, que varavam o coração de Rosa e punham em suas feições uma sombra de bruteza e dor.

Súbito, as nuvens cambalearam, rolaram num desmoronamento sem fragor para o sul. Uma lufada braba passou pelo vale do rio abaixo, espandongando o arvoredo e levantando a poeira esturricada do chão. As águas do rio como que se encorparam, adquiriram uma tonalidade fosca de coisa viscosa.

Nesse dia, a noite caiu assim sem que ninguém desse por fé e quando se percebeu foi porque uma velha cata-cega perguntava por que não haviam ainda acendido a candeia de azeite. Uns trovões sacudiam o lusco-fusco, mas, se perguntassem para que rumo que era, ninguém dava procedência. Com coisa que era o meio do chão que retremia retumbado. Os corta-paus resmungavam mais gaguejado, a voz como que grossa de ódio e de maldade.

Chico Maneta ficou na janela de capitão conversando:

– Tá ouvindo a ronqueira, capitão? Isso é chuva do ar, que não chega nem a chegar na terra, mode o calor.

Benedito estava de olhos pregados no céu aguardando o aguaceiro que restabeleceria seu gado, sustaria a morte de algumas dezenas de reses. Chico contava que lá para a banda dos Barreiros do Meio já tinham caído bons pés-d'água; nas Galinhas já chovera tanto que as jabuticabeiras estavam madurando as frutas, e milho estava nesse tope assinzinho.

Os balcões das vendas, os peitoris das janelas, as guardas das velhas cadeiras, as correias dos catres, os suadouros das cangalhas, a rapadura das prateleiras e o cocho de dar sal ao gado – estavam umedecidos e pegajosos. Homens e mulheres encafuados dentro das casas vigiando a chuva desabar, as roupas preguentas, catingudas e moles de suor que a umidade dissolvia. Ao longe, rachavam lenha no silêncio de espera.

Parada e quente, a noite se afundou de céu baixo, cheia dos berros das vacas paridas de novo com a força da última lũa e dos bezerrinhos que vieram para a rua. Vieram também éguas ardendo no fogo do cio, os grandes pastores alarmando a escuridão com seus relinchos, de beiços arregaçados, coices e correrias lúbricas atrás das poldras. Vinham lamber os cantos dos muros onde os homens vertiam água ou os lugares em que haviam deixado cair algumas pedrinhas de sal.

No fundo do quintal de Seu Reimundo a fumaça da coivara agitava-se ao vento, erguendo-se a custo no céu baixo e brancacento, enquanto Rosa, cara erguida, perscrutava o breu, farejando a chuva, tentando recompor ali o ambiente perdido do distante sertão:

– Oiê, tirê las...

Um sol branquíssimo penetrava pelas janelas da casa que Seu Reimundo abriu de par em par. Azul, o céu arqueava-se lá nas grimpas, descortinando o imenso horizonte até as serras longe, as nascentes do rio para o norte. Sol brilhando nas gotas d'água suspensas das folhas, dos galhos, dos ramos, dos brotos de capim; sol se refletindo nas poças d'água no chão, onde a enxurrada cavara profundas grupiaras. A gente via parece que uma flor, que ia pegar, saía avoando: era um besourinho.

Para o sul, nuvens brancas viajando. Na encosta fronteira, uns frangalhos de névoa diluindo-se ao sol.

Quem entretanto fazia o café era Dona Rita. Rosa não estava em casa: "Já estou cansada de procurar essa maluca. Será que fugiu, meu Deus do céu?"

No quintal, trepadas nas pedras, nos tocos, num velho jacá de milho, as galinhas untavam suas penas. O quintal todo estava coberto de covas, covas frescas na terra molhada, humosa, cheirosa a barro, da qual subia um vapor de prata.

Como fazia anualmente após a primeira chuva, Rosa pela madrugada havia plantado todo o quintal, como se fosse uma roça do sertão. Perto do canto do muro estava encostada a enxada, pesada de barro fresco, o cabo também enlameado, dando a impressão de que Rosa andara revolvendo a terra com as mãos.

Em cada cova viam-se nitidamente os sinais dos pés de Rosa, aqueles pés selvagens, com o dedão fortemente afastado, grosso, rude. Ela havia pisoteado as covas depois de plantadas. As chancas estavam claras no barro mole e peganhento de humo. As pegadas eram visíveis também nas lajes da escada que dava do quintal para a cozinha, onde ficara a marca do dedão esparramado, sujo de lama; prosseguiam como que latejantes pelo chão batido da cozinha, atravessavam a varanda que era de tábuas, ganhavam o corredor que era também de lajes, e daí pegavam a calçada da frente da casa, quase apagadas já, aprofundando-se a seguir sobre os tenros e quase transparentes brotinhos de capim que recobriam o largo como uma casimira das boas, para enfim se perderem na imensidão do largo rebrotado e se reverdecendo.

No quarto de Rosa, dependurado de um torno atrás da porta, estava um vestido velho; no chão, perto da cama, descansava o par de chinelos. Os chinelos eram grosseiros, fabricação de Neca. No couro amarelo que conservava as mossas dos dedos brutais da mulher, estavam calcados os sinais fisionômicos de Rosa. O chinelo parece que escutava, parece que esbarrara ali apenas o momento bastante para recobrar alento e a seguir romper viagem rumo a um ponto muito distante que o estava chamando.

Por todo o cômodo, o cheiro, aquele acre odor de cavalo pisado, que era a nhaca de Rosa.

Da rua vinha a voz do Maneta:

– Num falei! Num falei que chovia de noite? Agora é chuva até a entrada da lũa nova, com a ajuda de Nossa Mãe Maria Santíssima.

APENAS UM VIOLÃO
1984

JOÃOBOI

Prinspiava a seca, naquele final de março, com uns trovões assim como que disparados ali pelas três horas da tarde reboando nas bocainas, ameaçando chuvisco grosso que afinal resolvia num pé de vento assoprando num rumo só, enquanto as nuvens pesadas lá se iam desmanchando, desmanchando. Nos currais, os bezerros berravam vez por outra e algumas vacas mugiam a-mó--que engasgadas. Ao sair da lũa havia tão só algumas raras nuvens arredondadas na barra do nascente, trocando entre si aquelas lambadas de coriscos, sem estrondo nenhum de ribombo de trovoada. Era uma guerra de silêncios.

– É a seca, esse menino – dizia pra ninguém e para todos o Zeca--vaqueiro, caçando seu jeito de sentar ali na calçada da frente da fazenda, naquela sonoite inda com os relâmpagos retremendo o céu rabiscado do voo cambaleante dos morceguinhos, ao tempo que em derredor se postavam os demais trabalhadores. Hoje, ali tinha mais gente, como era de conforme se reunir quando o patrão aportava. A animação, a-mó-que ensurdecia o gemer do gado por perto, sem descontar os bezerros.

A presença do patrão era denunciada pelo ronco da caminhonete "Chevrolet" e pelo clarão da lâmpada "petromax" que ele mesmo acendia durante a permanência na fazenda, o que era muito incerto. Hoje, por exemplo, ele ali estava, e agora, debruçado na janela, ouvia o burburinho do gadame, no passo que os empregados ficavam da banda de fora, assentados pela calçada de frente da casa.

O patrão era homem risão que tudo fazia debaixo de seu sorriso, embora fosse bicho enérgico e franco nas suas palavras, tendo na brincadeira a forma de proferir franquezas sem agravar ninguém.

O Zeca-vaqueiro, que jantara com ele, já o pusera a par de toda a labuta da fazenda, do arroz colhido, ensacado e amontoado no rancho, do milho por colher, do feijão com as vagens meio secando, de tudo ele lhe falara, mas não tivera coragem só de contar uma coisa, que era preciso contar, mas que ele enrolava tempo, esperando que os vaqueiros ali presentes se retirassem, o que estava delatando em demasia. Queria contar sem que ninguém ouvisse ou alguém mais soubesse.

Foi aí que o patrão mesmo falou: – E a cantiga do Tonico-violeiro, meu compadre Zeca?

O dito do patrão caiu no maior silêncio e só passado um prazo de rezar uma ave-maria que o vaqueiro repostou. Mas não repostou assim de soco nhor não. Repostou aos pedaços.

– É – proferiu ele num tom desconsolado, e continuou – apois é... – parou como quem chupa um fôlego e terminou: – Apois é, veja só que maçada! – As palavras vinham arrancadas tão do fundo, vinham com tanta dificuldade que os demais trabalhadores se sentiram contrafeitos, levando uns a se levantarem e ir até a porteira, com o Lôro inventando uma tosse muito forçada e o Clódio largando a mais estrondosa gargalhada, uma espécie de falta de preceito mode a presença do patrão e o xavi do povre do Vaqueiro. Brincalhão, porém, como sempre, o patrão prosseguia dizendo que tava na tenção de mandar chamar o cantador pra ele fazer o descante ali na frente do pessoal.

O Vaqueiro ouviu e entendeu, na forma do velho ditado – bate na cangalha pro burro compreender. Pois o patrão bateu e ele entendeu – entendeu que o patrão queria uma explicação do causo e uma certeza de que um erro de tão grande calibre carecia remédio correspondente. E foi assim que, do escuro, veio a voz de Zeca-vaqueiro tentando explicar que o patrão tava no dereito dele de invocar aquele causo porque o dever era de ele Zeca-vaqueiro já ter contado, mas aquela maçada era tão estúrdia que ele até ali não achara jeito de encarrear o assunto. Por isso, foi muito bom o patrão ter tocado no causo.

De lá o patrão se ria e reforçava que tinha em mente chamar o cantador para desarmar aquele ambiente de vergonha que estava grassando e, ato contínuo, indagou: – Como é a copla, no exato?

Ninguém informou e por isso o patrão ordenou: – Canta aí, Nastaço; eu sei que você sabe a copla de cor.

Nastaço tentou disfarçar, alegando que esquecera a toada da musga, ao que o patrão contestou que queria ouvir era só a letra, para arrematar num apelo: – Vamos lá, homem!

Sem outra saída, Nastaço acabou por proferir a copla, que era assim:

> Quem quisé tocá seu gado
> Chama um vaqueiro daqui,
> Que saino desse lado
> Nunca que chega daí;
> O gado que sai contado
> Dana logo pra sumi.

O final do recitado foi coberto pela risalhada dos trabalhadores, mas assim que a lereia findou, se ouviu a fala brabosa do Zeca-vaqueiro: – Ocês tão se rino! Apois nós tudo devia é de tá chorano, que isso é uma desmoralização para mim, pro Clódio, pro Nastaço, pro Lôro, pra todos nós que somos vaqueiros velhos, pai de família, de bigode e barba prinspiando a ruçar. Eu vou dizê procês, se o Violeiro cantar isso na minha frente, por Deus do céu, que eu tampo um trem na viola dele que é pra ele nunca mais estuciar uma ofensa dessa!

– Calma, calma! – ponderou o patrão sempre se rindo. Também é preciso pensar um pouco, que no final das contas, de vera, é mesmo uma coisa sem explicação a mudança desse gado. No apuro do azeite, já é a terceira vez que um bando de vaqueiros dos mais famanã se empenha em levar pra outra fazenda quarenta vacas parideiras e esse gado costeado e manso revira nos pés, arriba no mato e larga os vaqueiros falando sozinhos. Homem, vamos e venhamos, isso tem lá cabimento! Um erro qualquer tá assucedendo.

Já mais moderado, o Zeca repostou: – Então, apois, é ou não é uma desmoralização para todos nós, gente!

– Culpa do Joãoboi – disse de lá timidamente o caboverde do Nacleto. No de repente o dito do cabo-verde como que estalou na cabeça do Zeca-vaqueiro, que exclamou: – Uai, num é que o cabo-verde tá com a razão!

E o Clódio ponderou que de vera o Joãoboi era muito suficiente de promover aquela atrapalhação, mas que carecia falar com cotela, que o igbicuara era cheio de partes. Conveniente espiar se não havera alguém por perto de esculca... No que se ergueu e foi por ali sondar o escuridéu.

"Hum, Joãoboi, sim, que o conhecia das casas velhas! Quer dizer, conhecer, conhecer mesmo, não podia afirmar que conhecesse. Ouvia falar muito dele, assim como quem fala da serra da Igbitira, ali de vista, que a gente estava vendo toda hora, sabia que existia, sabia que no alto dela tinha mangabeira, cajueiro, cagaiteira, os bichos-lobo, raposinha, guaxinim, mas deixava pra lá, não ia até ela, não trepava nos seus altos, não cuidava de conhecê-la por miúde, nem apanhar as mangabas e cajus..."

– Qual, larga de mão, gente – retrucou o Nastaço – larga de mão esse igbicuara que veve lá no seu pé de serra lá dele sem estrová ninguém. Deixa pra lá o coitado!

– Estrová, ele estrova – prosseguiu o cabo-verde – tanto que aquele gado já estava até na boca do cantador, tudo por artes do Joãoboi. Eu que não quero ficar desmoralizado!

Nastaço informava que o próprio Joãoboi se ofereceu mais de uma vez para tanger aquele gado, que era vacada do retiro dele, reses que o Joãoboi criou e tinha amansado com o maior cuidado, que todo mundo sabia do tanto que as criações eram apegadas com o igbicuara.

– Uai, é gente dele – intrometeu-se o cabo-verde.

– O que ele rogava é que deixassem ele ir com essa vacada para o novo retiro, mas ninguém não resolveu nada, o resultado estava ali...

– Então, por que não deixaram esse homem ir com as vacas, gente? – perguntou o patrão.

"Joãoboi – lembrava tê-lo visto em menino, num dia que passava mais o pai. O cafuso delicado, tímido, quase que entrou no mato para ceder todo o caminho para os nossos cavalos, na passagem estreita do mato, respondendo o cumprimento de cabeça baixa, o chapéu na mão, tão respeitoso. Me lembrava. Um homem grosso, disforme, catuzado pra frente com coisa que queria apoiar-se com as mãos no chão... Outra vez ele passou ao longe, pelo curral, sempre na postura catuzada, abanou o chapéu num cumprimento subserviente, mal se equilibrando nos pés.

– É os pés – diziam.

– Tem uma merma lá nos pés lá dele...

— Mas que merma?

— Pé de pesunho — boquejavam. Quem sabe? Um defeito, um aleijão, por isso só anda no diário de calçado borzeguim, tal e qual homem palaciano. Você já viu gente pobre de botina no seco e molhado!"

Então se combinou que novamente a turma de vaqueiros iria, nos dias adiante, campear a vacada, juntá-las no pastinho da aguada e quando estivessem arreunidas as quarenta e poucas vacas paridas a ponta seria tocada para a fazenda do Fumal, onde deveriam permanecer.

Mas agora, determinou o chefe, ninguém vai tanger gado sozinho nhor não. Se mandaria buscar o Joãoboi na sua igbicuara e ele viria mais as vacas para o Fumal, adonde ficaria pelo tempo que o gado levasse para acostumar com as novas pastagens, pois aquelas vacas foram pastoreadas pelo Joãoboi e que em antes foram padreadas pelo pai dele, Nhô-boi famoso. Só mesmo levando ele junto é que as reses se aquietavam na nova fazenda. Sem Joãoboi ninguém era homem para sustentar o gadame fora do retiro do Igbitira. Se por acaso o gado chegava ao Fumal, no sufragante retornava para o retiro de Joãoboi, na Igbitira, como assucedeu das outras vezes e no mais certo ninguém não conseguia retirar os bichos vivos dali.

— Não viram da derradeira vezada?

Pois campeou-se esse gado durante quase dois meses, reuniu-se ali no mangueiro do óleo, depois se foram os cinco vaqueiros tangendo as vacas com os bezerros num passo sossegado que a distância era curta, no entanto foi entrar na capoeira da Vitalina essa vacada até parece coisa que viu o capeta — garrou a correr, entrar no mato, investir contra os vaqueiros, elas tão costeadas, e de repente, quede o gado? E isso sem ter havido nada. Inda se um calango tivesse corrido, uma preá pulado, se os bichos tivessem levado um susto, inda vá! Mas nada, nada! Só mesmo podia ser artes do capeta ou de gente com poderes, pois aqueles homens eram vaqueiros velhos na lida, conhecedores das manhas, lêndeas e tretas de toda espécie de boi para se deixarem confundir dum jeito tão estúrdio.

— O violeiro estava com a razão. Aquilo era um caso sem explicação!

E assim, pelos dias adiante, malgrado as outras labutas, em desde a barra do dia até a boca da noite, o Clódio, Lôro, Nastaço e Zeca-vaqueiro passavam a roda do dia campeando, pegando, trazendo as vacas para o mangueiro do lado. Já agora faltavam poucas, talvez duas, cujo paradeiro era consabido e se estava aguardando tempo para serem trazidas e reunidas às restantes, para então se ir lá no pé de serra chamar o Joãoboi e tocá-lo de cambulhada com as reses para a fazenda do Fumal, que até nem era longe nenhuns nada; dali no Fumal era obra de quatro leguinhas ou seja ũa jornada. Nem carecia sair cedo para chegar lá com o solzinho alto coisa de meia braça, em sendo tempo das águas, que na seca o regime do sol é diverso, razão por que agora carecia fazer uma madrugadinha. O segredo estava no sair bem cedo, hora que o gado inda bem não acordou ou anda com as vistas empanadas de lusque-fusque da liblina abundante nessa quadra do ano.

No dia, já tinha calculado o Zeca-vaqueiro, a gente acordava a Rosária aí pelas cinco horas da madrugada, ela fazia o café, preparava a matula – farofa de carne de porco – punha nas cabeças de palha, amarrava e metia nos alforjes, o gado já dormira preso no curral com a bezerrada, e mal o dia clareasse, era abrir a porteira e tanger tudo, com o Joãoboi de entremeio. Para tanto carecia ainda de mandar buscar o igbicuara de véspera lá na sua toca do pé de serra e deixar ele dormir ali na Sicupira, como de antemão já mandara avisálo por meio do Nastaço, que era seu conhecido velho, muito embora ninguém não conhecesse bem o Joãoboi, aforas a Rosária que, lá na cunzinha, junto com a Veva, a Nhã e o picumã cuidavam dos serviços caseiros apertados agora com a lida acrescentada desse gado manhoso e danado para fugir como só ele.

No trivial, a Rosária sozinha dava conta da serviceira da fazenda, mas agora tinha pedido do adjutório das duas comadres, as quais estavam ali em desde três dias, aforçuradas para o diabo desse gado seguir seu destino e poderem elas retornar a seus ranchos, nos quais a serviceira estancada estava reclamando presença de dona de casa. No entretanto, que o povo comeu e ficou ali no por enquanto da conversa esperando a hora de dormir, as cunzinheiras agora arrumavam a cunzinha, lavando pratos e talheres, lavando as panelas e tigelas, guardando o sobejo da comida, depois de dar o de-comer aos cinco cachorros sempre famélicos e eternamente brigando mode a comida do outro, num rosnar de muita bulha e dentes brancos arregaçados uns pros outros. E, constantemente, as mulheres iam e vinham da cunzinha pra a bica do monjolo, na parte de fora da casa, e voltavam de novo à cunzinha baldeando a candeia de azeite apaga num apaga – defende o vento, essa menina – a o tempo que as meninas filhas da Rosária choramingavam cambando de sono e preguiça, reclamando de nha mãe que carecia de arrumar a cama para elas dormir, que com a presença das comadres os cômodos tinham sido alterados, mas que as meninas falassem baixo que isso podia agravar as comadres que ali estavam com prejuízo dos serviços lá delas nas suas casas e essas meninas com inconveniências, ora pois!

Mas Rosária exigia que as meninas, até que fossem dormir, dessem uma demão na labuta, que não deixassem de lavar os pés na bica, depois do que, que rezassem o padre-nosso e a salve-rainha e também o creindeuspadre, por via de uma premessa que não e d'hoje ela havera feito pra Nossa Senhora da Conceição que era madrinha de ambas as duas filhas dela. Entretanto, o tempo passando e Rosária mais a Veva e a Nhã enrolavam cumbersa mode desorientar as meninas e não permitir que elas entendessem certas coisas por causa que menina mulher é muito curioso demais de certas proveniências que só devem de ser entendidas ao seu devido tempo, mas que esse tal de Joãoboi não andava que nem o comum das gentes não porque ele não pissuía pé de gente não, ele pissuía era casco rachado tal e qual casco de boi.

– Ara, num diga, essa menina. Antão é pibanga?

– Olha, comadre, cê ainda é moderna e não sabe, mas Joãoboi não nasceu de mulher não. Ele nasceu foi de uma vaca, a qual ele mamou nela também e vevia lá no Retiro do pai dele, o velho Nhô-Boi, que é lembrado de todos, o vaqueiro mais famanã de toda esta vertente da Sicupira de baixo. Por sinal que nunca que teve ũa mulher por este mundão daqui que dissesse "o velho Nhô-Boi dormiu mais eu. Credo!"

– Ah, mas isso é insona, que ũa tia minha conheceu a veia Zuza que era a mãe de verdade desse tal Joãoboi. Essa história, minha nega, de ser parido de ũa vaca é mas é pura insona de mentira. Eu que aquerdito! Morde aqui! O que sei é que o desinfeliz de tanto lidar com vaca e boi, de tanto viver com gado, acabou pegando o jeito de rês, acabou pegando uma peste aftosa que botou ele arrupiado de pele, febrento, o linguão de fora por bem ũa quizena e daí os pés dele se abriram em frieiras como assucede com boi, de modo que ele pra nunca mais pôde andar descalço. Foi o gado, foi de tanto viver com bichos, comadre, que ele se virou um bicho-boi também.

A Rosária, entretanto, ia lá e vinha cá dentro acomodar as meninas choramingas e voltava no sufragante para prosseguir na lavagem das panelas e na narração da estória. Que nhá Zuza era mãe de criação, era mãe que ensinou Joãoboi a falar, a fazer o pelo-sinal e comer com as mãos, que já taludão assim desse tope o desinfeliz comia que nem boi comia com a boca assim, ói – nhoque – nhoque – mas quem pariu ele foi ũa vaca, a qual eu sei o nome dela e esse nome é guajupiá, curraleirona espácia, raça que em hoje não existe mais, essa vaca morreu de velhenta no retiro do Joãoboi, cuja caveira dela o filho agasalha lá na Igbicuara, na serra da Igbitira.

Como a Nhã rogasse consentimento para fritar a carne de porco para a farofa, Rosária esbarrou a conversa e foi fazer as determinações no rabo da fornalha, retornando a seguir à cumbersa, informando que Joãoboi, esse chegou a casar e a morar com a mulher, isso fazia um tempão danado.

– Dez anos, será, comadre?

– Pro tempo dele, dez anos era onte... vou te contar procê. Ocê num cunhece a Nhaca da Bili? Pois a Nhaca da Bili era piquititinha do tope de minha filha mais nova quando foi desse casamento e em hoje a Nhaca já é visavó. Ih, num é d'hoje... Apois, como casaram, lá se foi o Joãoboi para seu retiro que era na Igbicuara, adonde ele mora em hoje. Diz que o Retiro dele sempre foi mesmo que ver morada de bicho: tejupá de palha de baguassu e na frente o cocho de salgar o gado por debaixo de um pé de pauterra da folha graúda. Água se pegava na grota. Roça dele era anexo no pé de serra, uma rocinha feiosa, xuja de mato, espraguejada, que nem roça de tapuio, que o Joãoboi o que é é descendente de caboclo, isso, sim.

Aí a Veva tinha ponderações. Ela dizia que o Nastaço, que era amigo do igbicuara, para o Nastaço ele era um homem de coração grande em demasia e que tratava o gado do mesmo jeito que tratava uma gente e era por isso que o gado gostava dele tanto que até parecia que era pegadio de namoro e querer-bem de casados.

– Capaz. Mas vai escutando. A mulher dele, teve gente que conheceu ela, diz que era ũa moçona vistosa, sacudida, meio puxada na cor, mas bonita de encher as vistas. Diz que tinha um horror de gente pretendendo casar com ela e ela nem num gostava nenhuns nada desse caboco esquisito, mas parece – ninguém num sabe com certeza – que teve coisa feita e a coitadinha lá se foi mais o bugre.

— E quede essa tal, comadre Rosária?

— De vera, até num sei dar definição. Em desde que me entendo de gente que escuto as histórias do Joãoboi, mas da mulher dele nunca que sube mais nutiça dela porque, vai assuntando só no acontecido. Aí, como se diz, se foram os dois sozinhos e Deus. Ela na garupa dele, que até comprou ũa sombrinha, para aquele fim de mundo, adonde o que havia era pio de nhambu na serra e a tosse do gado roendo o sale do cocho. Diz-que – é o povo que conta – lá viveram muitos e muitos anos de vida. Joãoboi nunca que ia no começo, quase não dava o ar da graça nos terços e pagodes, de tal forma que o povo até que esqueceu da mulher dele, de quem os parentes falavam assim como quem fala de um ente que se foi para um lugar longe demais – Rio de Janeiro, a Corte... Vez em quando, lembravam – e aquela moçona vistosa que casou com um vaqueiro que andava no diário de borzeguim nos pés, coitada, que será que foi feito dela?

— Ah, é mesmo! – diziam e esqueciam de novo, no imediato.

Enquanto isso, com a candeia de azeite, Rosária ia e vinha, já com as coisas todas preparadas e as duas meninas sempre choramingando ao tempo que lavavam os pés na bica, rezavam as rezas e agora se deitavam pedindo a bênção à mãe e às vizinhas, as quais permaneciam ainda na labuta, pois que no outro dia bem cedinho já era o dia marcado para conduzir a vacada para o Retiro do Fumal.

Clódio, Nastaço, nhô Vitalino e outros tinham labutado duro o mês inteirinho, conseguindo ao fim juntar a vacada. E naquele dia prenderam elas no curral de sobre a tarde, com os bezerros, para no dia seguinte, mal clareasse, tocarem para o Fumal. Também de véspera trouxeram lá da Igbicuara, na Igbitira, o famoso Joãoboi que devia de ter muitos e muitos anos. Chegou já na boquinha da noite, com as derradeias perdizes piando e a papagaceia arregalada no poente, por onde trançavam os morceguinhos cambaleantes, e ficou ele da banda de fora da sala sodando o chefe, na sua língua estúrdia, cheio de curvaturas e embaixadas. Bem que Rosária correu para a frente da casa com seu candeeiro pingando azeite quente e pelejou para alumiar a cara dele, mas jacaré que foi capaz? É baixo! Via-se o vulto, cambaio, o chapéu nas mãos, a cara abaixada, metida na sombra da noite, aonde não chegava a luz do candeeiro, tão pobre.

Ela ouviu foi a vozonha dele que não era de gente não, dava imitança assim de um berro de marruás erado – ocê figura na sua mente um boi falando, comadre nhá Veva.

– Cruz, gente, olha cuma estou arrupiada!

– Apois, ele falou ansim – e Rosária arremedava o sotaque de Joãoboi – sus Cristo, patrão – mas o "sus" era suuuuuuss e o "Cristo" era criiiistoooo – sem tirar nem pôr o berro de um boi erado, curraleirão velhento e enfezado: – adoõõõõ onde drumiiiiii?

No que o bugre proferiu, no sufragante a vacada que até ali estivera aquietada no curral, algumas já deitadas em didução, ao ouvir a vozona dele essa vacada se alvoroçou, mexeram-se daqui prali, formaram-se rebojos para o rumo da casa da fazenda e de lá vieram para se emparelhar de par com as tábuas do curral, em pé, em pé, soprando e batendo os chifres; por fim, assossegaram, de cara voltada para o rumo da fala do igbicuara, no mesmo ritmo a bezerada fungava e gemia espremido por entre as belfas seus ternos gemidos de carinho. Além, pelos altos das invernadas, dos malhadouros perdidos, algumas reses repostaram bufando e gemendo, até que por fim tudo se aquietou novamente e ficou apenas o grilar dos grilos telegrafando suas notícias sem-fim de dentro das moitas ou do fundo das luras, pros ouvidos das corujas e morcegos.

O chefe deu as ordens ao Clódio que Joãoboi havera de dormir no paiol, num meio-de-couro ali estendido, pois que ocê pensa que os demais vaqueiros consentiam em dormir junto com o igbicuara? De jeito nenhum!

No que o bugre entrou no curral adentro, essa vacada veio para o lado dele num trote estugado, que nem gado em dieta de sal que sente cheiro de sal e vem correndo. De logo, Joãoboi reclamou alguma coisa. Ele sentenciava sua reprovação de haverem largado a vacada sem beber água, justamente naquele começo de seca, home! que Deus Nossinhô num gosta de gente judiar das criações dele nhor não.

– Mas, comadre Rosária, e a esposa do bugre, que que foi feito dela?

– Ah, é de vera. E vai e vai, é minha mãe que contava. Passado uma ternada de anos, um dia chegou na porta do retiro de nhá mãe ũa velha que pediu ũa água mode matar a sede, polo amor de Deus e dos santos; daí ficou de falha por debaixo dum pé de capitão havente ali no terreiro. Que pergunta, que pergunta, nhá mãe fica sabedora que a dita cuja era a moçona vistosa que casou antigamente com o Joãoboi. De tão desamparada, nhá mãe concedeu ela viver ali no relento, por debaixo do pé de capitão, sem fazer nada que nem cunzinhar ela não sabia mais. Desaprendeu tudo e foi morrendo de pena que nhá mãe começou a ensinar aquela velha a fazer de novo o pelo--sinal e a rezar a santa-maria, como coisa que era menininha de cinco anos. A bendizer, o que ela sabia era comer leite; se não desse comida cozida em panela para a coitadinha, o que ela comia era fruta do cerrado, mel de abelha, comia grilo, gafanhoto, coró de coco; comia também uma porção de broto de pau e raiz de planta que ela arrancava do cerrado, tudo erva que só ela conhecia e achava, imitando tatu ou tiú.

— E os filhos? — interrogava nhá mãe daquela desinfeliz.

— Filho... — a mulher rebuçava a cara com as duas mãos ou fugia envergonhada. Por fim, delatou, lá naquela língua dela que até pra falar ela quase dessabia. Contudo, falava do jeito do Joãoboi mesmo, falava mugindo e beirando: — Euuuu fiiiio num tiiiive nõõõõõ — cada vez que soltava ũa palavra, os bois no curral ou no pasto por perto respondiam mugindo também e aconteceu de alguma vez alguns até vinham de trote para o rumo pé-de--capitão adonde demorava a mulher.

— Credo!

— Pois é, mas essa menina, sabe o que que a velha relatava, com o tempo nhá mãe pegou a entender bem a língua esquisita da bugra — apois ela referia que tava inteirinhazinha como saíra da casa dos pais em antes do casamento. Que o Joãoboi nunca que dormiu com ela noite alguma, nem dia algum; ele dormia era com as vacas lá no curral ou na casa dos bezerros, chegando mais pra diante a botar as vacas para dormir com ele no próprio rancho.

Diz que de começo a moçona tão vistosona ficou naquela tristeza de desgosto, mas moça donzela você sabe como é, ela não entendia direito como é que essas coisas eram de verdade. E quede mãe ou tia ou amiga experimentada para ensinar, para dar uma palavra de aviso, para explicar que a vida de um homem e de uma mulher tem aquelas coisas que nós tudo sabe como é, mas que tem de ser explicado direitinho pelos mais velhos. E o tempo correndo, e o Joãoboi que não desapartava das vacas, principalmente das novilhas mais novas, pelo liso e carnes roliças. Tudo contado da tal mulher: que tinha ũa novilhona baia queimada, essa daí, o que dava o dia, era ao redor do rancho gemendo e mugindo, até que Joãoboi lá se ia com ela para o curral, adonde permanecia té que o frio da madrugada pegava a molhar o lombo dele e da sua novilha, quando aí ele se recolhia pro rancho, mas trazia ela pra junto dele, mas isso carecia de falar cochichado que as meninas você pensa que elas tão dormindo? é baixo! Elas tão mas é de orelha espetada, que menina mulher é curioso sem termo e muito disfarçado, muito intimadeira. Aquela manha toda delas não é por nada daquilo de lavar os pés e arrumar a cama nenhuns nada, o que elas estavam querendo era chamar o cuidado dos vaqueiros e botar sentido na conversa dos mais velhos, isso sim. Ah, então cê pensa que nós também num fomos menina nova também um dia, hem!

Veva, entretanto, duvidava, suspeitando. Será que a comadre Rosária não achava que aquilo tudo era falso que levantavam no coitado! Para ela o que se dava era que o Joãoboi gostava por demais das reses que ele criava, tratando delas como se fosse gente de casa, irmão ou parente e por via disso o gado ficava tão apegado com ele e era por causa dessa amizade que o povo acabava maldando e inventado tanta coisa estúrdia e, comadre...

Veva e as comadres pegavam já a bulir com as latas na cunzinha, fazendo o café, quando os vaqueiros chegaram com os animais do pastinho e principiaram a arreá-los, nem sem antes raspá-los e limpá-los.

Por aí, o Nastaço trouxe os amarrados de palha recheados de farofa de carne de porco, quente ainda, para cada um dos vaqueiros, enquanto as comadres serviam o café acompanhado de farinha de milho comida de arremesso ali na cuia grande de sobre a mesa.

— 'mbora, gente, embora que o sol não tarda a apontar sua cara na chapa! — assim proclamou o chefe mandando que se abrisse a porteira que dava para a estrada do Fumal e tocar a vacada, no sufragante, aproveitando o fosco da manhã liblinosa e começando a fazer frio.

— Roi, roi, roi, fasta, bicho! Bamo sem atropelo nem pressa que é pra chegar no exato — conversava de lá o Clódio.

No lusco-fusco ainda mais fusco do que lusco, com a neblina branqueando o corrego embaixo, os vultos das reses desenhavam-se em negro, e os cavaleiros em vultos passavam tinindo as ferragens dos arreios, daqui prali, falando à vacada.

— Vamos, chitada, vamos devagar, oi, oi!

Houve um fremir de dorsos, um bater de chifres, um pisotear na poeira de bosta que a seca principiava a ressequir, os bezerros muito aparelhados com as mães se afobavam, aos pulos, e as vacas gemeram fundo e babento. De começo, cabeça baixa, palpavam a passagem estreita entre os esteios da porteira, ao final porém enfrentaram a estrada, num chouto apertado, os lombos e as cabeças subindo e descendo.

Quando a Rosária chegou à janela da frente da fazenda, lá iam as reses transpondo a porteira com seus grandes corpos em sombra. No meio delas, catuzado, numa carreira de boi, Rosária divulgou o recorte de Joãoboi assim meio que arcado pro chão, o calombo da cacunda imitando um cupim e a modo que as duas orelhas abanando à cadência do chouto, na cabeçona abaixada de sempre.

— Cruz! — disse ela a meia-voz para a comadre Veva que riscou na testa o pelo-sinal. Também já eivinha clareando o dia e a papaceia no oriente era um facho parado, de um brilho morto de prata nova, por um tempo em que os primeiros papagaios surgiam papagaiando no céu que pegava a incendiar-se; com pouco, vieram os urubus a-mó-que saídos do vento, com seus voos calmos de quem tinha muito céu a navegar pela frente, pelo sertão de gado e gente feito gado.

EXPLOSÃO DEMOGRÁFICA

Minueto em fó menor

As minúsculas, delicadas e tão comoventes florinhas das bocas inocentes e encantadoras abrem-se a cada segundo do mundo subdesenvolvido, aos milhares, milhões, dezenas, centenas de milhões, em busca de alimento; e logo a seguir entre choro, grito, lamento, protesto, birra e baba, riso assovio sopro engasgo soluços começam a correr atrás de mais comida e de bolas, as bocas sempre abertas no eterno clamor, e pedindo exigindo comendo mastigando engolindo engasgando pedindo mais, tomando à força, procurando pegar mais para guardar nos bolsos, conservar nas mãos, ocultar nos sovacos ou entre as coxas, para mais tarde voltar a encher a boca, engolir no desespero de sua milenar desnutrição, para prosseguir na corrida atrás da bola, em demanda de gols e mais gols, numa ilusória derrota àqueles que por séculos não os deixaram comer até fartar.

 E como uma esteira dessas moderníssimas usinas (talvez uma escada rolante), toneladas, dezenas de toneladas, centenas de quintais, milhares, milhões, bilhões de bushels de alimentos e bens de uso e de consumo escorrem dia e noite num tumultuário amazonas sem-fim para o uso e as goelas abertas dos titulares dessas pequeninas e comoventes boquinhas tão encantadoras e frágeis que clamam e pedem sempre mais: é o feijão, o trigo, o milho a cabra o boi o leite a couve o petróleo a fralda esterilizada, o óleo johnson a cueca sem botões, a calça "lee" legítima importada, o ferro o palito o papel-higiênico macio como sonhava gargântua, o filme a pílula anticoncepcional o automóvel o modess a droga erótica a pintura lasciva a história em quadrinhos e perfume afrodisíaco, o queijo e o beijo – tudo numa torrente tão caudalosa e tão infinda que não cessa e quer de dia, quer de noite, vai sendo devorada meticulosa e higienicamente pelas inocentes e encantadoras boquinhas que estão sempre sugando e procurando mais o que sugar, tanto mais exigente quanto mais crescem e gritam e reclamam e correm daqui para acolá atrás de bolas para se tornarem novos garrinchas pelés friendereichs, alencares ou guimarães rosas, tiradentes, conde de assumar e franco, e quanto mais choram e mais gritam essas comoventes boquinhas a que os dentes de leite se sucedem a fortes e bem calcificados dentes adultos capazes de triturar coisas não só mais numerosas como ainda mais consistentes – no extremo oposto dessa esteira semelhante às esteiras das modernas usinas mecanizadas ou às escadas rolantes, os adultos suam, esfalfam-se e morrem de embolia, estafa nervosa, enfarte, desnutrição, espasmo cerebral, câncer e trombose de tanto fuçarem a terra no empenho de dela arrancar toneladas, quintais, acres, arrobas, bushels, centenas, milhões, bilhões, milhares de quintilhões de tonelada de lã ovos bolas modess chuteiras chicletes automóveis uísque etc. etc. que formam torrentes ininterruptas de utilidades que vão sendo inexoravelmente deglutidas e que, malgrado sua imensa quantidade, ainda não bastam para alimentar todas aquelas boquinhas tão minúsculas que a cada segundo aos pares, às dúzias, às grosas vão irrompendo dos úteros que pelas noites consecutivas foram trabalhados igualmente de forma furiosa pelos homens e mulheres intoxicados de pintura, escultura, tevê, rádio, cinema, poesia, teatro e literatura do mais alto teor erótico e de comunicações de massa.

E como satisfazer a tantas bocas se os alimentos e as utilidades que se produzem são arrebatados em grande parte pelos Semideuses que os criaram e que exigem pesado tributo por essa criação? Como suprir a necessidade de utilidades se as máquinas que têm de usar são os engenhos tornados obsoletos no mundo dos Semideuses que mesmo assim exigem que se lhes entregue a melhor parte da produção desses engenhos? Em consequência de quê, como os adultos não dispõem de recursos nem força bastante para produzir utilidades na proporção das crescentes e inesgotáveis necessidades daquelas boquinhas assim pequenas e gentis que se abrem e produzem ruído essas mesmas boquinhas tais delicadíssimas florinhas silvestres arroxeam, murcham, abrem-se para nunca mais se fecharem de moto-próprio, e se calam, obrigando milhões de adultos a deixarem de produzir os alimentos e bens de consumo, já insuficientes, para cavarem o solo e no fundo das covas meterem os titulares dessas bocas que pararam de mastigar e de gritar porque nada tiveram que mastigar sem embargo do muito que gritaram dias e noites consecutivas. E é tão grande o número dessas enternecedoras florinhas que murcharam e se apagaram que milhares, dezenas de milhares, centenas de milhares de acres de terras ou alqueires de chão são subtraídos à tarefa de produzir grãos e cereais para que se destinem a servir de sepultura àquelas boquinhas que se não forem soterradas urgentemente causarão sérios distúrbios sanitários pelos miasmas que exalarão ou pelas reclamações que irão provocar nas outras bocas que não murcharam; por tal forma, milhares, milhões de homens e mulheres válidos para o plantio, trato e colheita de alimentos para aquelas boquinhas que pararam pelo fato de não terem funcionado comendo e engolindo, milhares, milhões de homens e mulheres adultos e válidos abandonam a produção de alimentos e de bens de uso e de consumo para se empenharem na dura tarefa artesanal e de baixo teor tecnológico de fecharem aquelas boquinhas arroxeadas, limpá-las da baba e do muco, dar--lhes um aspecto menos repelente, acondicioná-las entre linho, púrpura, galões dourados e flores naturais, dentro de caixas mais ricas ou menos ricas de conformidade com as condições econômico-sociais, e por fim ocultá-las sob a terra, enquanto milhares, milhões de outras bocas se ocupam em chorar, lamentar, louvar e enaltecer a boca que deixou de funcionar, conclamando com gestos e custosos rituais as potências que se julgam governam este e os outros mundos a que propiciem àquelas boquinhas tudo aquilo que lhes foi ou lhes teria sido negado neste mundo visível e palpável – para o fim exclusivo de permitir que bilhões de outras boquinhas possam prosseguir no seu desígnio tão útil quão indispensável de perpetuamente devorarem mais alimentos e exigirem entre gritos e cuspos a satisfação de novas necessidades que crescem e se diversificam na mesma proporção em que as boquinhas crescem, tornam-se mais fortes, e permitam emitir gritos mais e mais possantes não apenas graças ao fortalecimento crescente dos músculos fonatórios mas também graças ao adequado uso de aparelhos e máquinas importadas e especializadas em ampliar as vozes ou multiplicá-las ao infinito, de modo a alcançar a lua e já vênus, nesse eterno nunca ter fim a que os homens na sua inesgotável sabedoria deram o nome grosseiramente primário de vida.

CONTOS ESPARSOS
1987

A LAVADEIRA CHAMAVA-SE PEDRA

À pergunta – por que a senhora não compra para ele uma gaita – a lavadeira respondeu que não comprava porque gaita custava dinheiro pra danar e que ela tinha que trabalhar duas semanas para juntar o dinheiro de uma gaitinha, das menores da praça. E quem iria comprar a comida, pagar o aluguel?

Enquanto a mulher falava, seu interlocutor recordava que também ele na sua infância sonhou muito com um berimbau de um velho ex-escravo vizinho do pai. Belo berimbau, misterioso, donde o preto velho retirava melodias lindas, sem esforço e sem tropeço, como se estivesse apenas acariciando a corda. Só muito tempo depois, de barba na cara, pôde ter um berimbau; mas aí o que ele apertava entre os dedos era um arco duro e velha e fedorenta cuia, os dedos doíam, o instrumento era desajeitado, nenhum som dele se desprendia: era um arco e uma cuia.

– Vou te dar uma gaita, – falou o homem passando a mão pela carinha do menino que ouvia a conversa e que naquele momento deixava de ser o filho da lavadeira para ser uma projeção da infância do interlocutor. E a lavadeira sua mãe sentiu os olhos arderem de choro. Coitado, logo aquele homem tão pobre, tão infeliz, logo o ladrão da cidadezinha é que se lembrava de seu filho e entendia seu pequeno sonho de menino! Como o povo era mau tratando aquele homem como se fosse uma fera, um bicho sem alma. Se o conhecessem como ela o conhecia, vissem o coração dele como era bondoso, se conhecessem o desejo que ele sentia em dar alegria aos outros, não fariam com ele tanta judiação, o ajudariam a viver em paz e com dignidade. Ela nunca o trataria mal: ela o conhecia bem.

Foi aí que o menino entrou na história perguntando muito contente se não seria no Natal que o ladrão ia trazer a sua gaita. A lavadeira nem chegou a responder, pois o coitadinho nunca tinha dinheiro nem para comer! Ora só, dar uma gaita, dar uma gaita ele que era o ladrão oficial da cidadezinha, cuja fama se definiu de vez graças a dona Arginusa, a senhora mais rica e piedosa de toda a região. Um dia o ladrão apareceu em sua casa dizendo ao administrador que ali estava para devolver uma joia que furtara à dona fazia dois anos. Dois anos! Impossível! – pensou o administrador, pois dona Arginusa diariamente passava em revista suas joias e nunca deu por falta de nenhuma! Mas como o ladrão insistisse, dona Arginusa apareceu, tomou a joia, e após minucioso exame reconheceu que era mesmo seu aquele broche de ouro e brilhantes, fora sua mãe que o herdou da avó, que herdou de outra avó. Só a ideia de ter podido perder a joia causou à sensível senhora um desgosto tão grande que logo vieram médicos e enfermeiras ministrar-lhe sais e injeções.

    Mas dona Arginusa tinha como princípio rígido não perdoar nunca os ladrões porque muita vez um simples castigo podia corrigir um transviado ou salvar uma alma do inferno. Por isso, chamou a polícia e determinou que se instaurasse o mais rigoroso e perfeito dos inquéritos e depois de provada de maneira irrefutável a culpa, aplicassem ao faltoso o castigo capaz de redimir de uma vez por todas daquela vida de crime e de pecado, amém. Foi nesse processo que se oficializou definitivamente seu cargo de ladrão. O mais rico comerciante declarou sob os evangelhos que certa feita um caixeiro seu fez o acusado desenrolar a barra de calça, na loja e de dentro caíram três pedrinhas de sal provavelmente furtadas no armazém onde possuía toneladas e toneladas de sal; o maior fazendeiro com a dignidade de suas dez mil cabeças de gado de qualidade provou com detalhes impressionantes que certa noite de luar os camaradas viram o acusado roubar um ovo de galinha na fazenda.

    E o acusado, graças à piedosa senhora, foi recolhido à prisão por muitos anos. Quando definitivamente oficializado ladrão deixou a cadeia, não o deixaram mudar de profissão, já que agora todos o conheciam. Daí para a frente, tão logo sumia uma coisa, o dono corria ao rancho onde morava o ladrão, tomava o que pudesse lá encontrar, mesmo que o ladrão afirmasse que aquele objeto ele o comprara ou ganhara. Na maioria dos casos, muita gente alegava que tinha sido furtada apenas para tomar ao ladrão alguma coisa; outros mais delicados tomavam ao ladrão qualquer coisa desde que em sua casa qualquer coisa sumia, mas se a coisa sumida aparecesse, os delicados se esqueciam de devolver ao ladrão o que lhe fora tomado. Por tal forma o ladrão nunca tinha nada. Ora, então podia esse coitadinho dar uma gaita! Antigamente, talvez até que pudesse, mas agora estava na cidade um Delegado que era uma fera. Prometia matar sumariamente qualquer ladrão que por acaso tentasse botar a cabeça de fora. Mas será que um Delegado daquela fama, um militar de tão alta patente, cheio de galões e bordados, será que uma tão poderosa autoridade ia lá se preocupar com ladrãozinhos do tipo do ladrão oficial? Para muita gente, quando o Delegado dizia ladrões estava referindo-se – isso sim – ao coronel da cidade que estava contra o Governo e de quem (desde que passou para a oposição) se dizia que enriquecera e continuava enriquecendo à custa dos pesos alterados e das medidas adulteradas que usava no seu comércio, em cujos livros aumentava as contas dos devedores e deixava sem pagar os salários dos trabalhadores. Esse que era ladrão para a rede de um Delegado tão caro e famanã.

Pois acontece que na manhã do dia 25 de Dezembro, quando a lavadeira abriu a porta do quintal do seu rancho que não era cercado de muros, viu que o sol nascente botava faíscas num objeto que rebrilhava e deitava chispas na soleira da porta: que se abaixa, pega, olha – uma gaita, não muito grande nem muito pequena. A mulher sentiu os cabelos da nuca arrepiar: e dizer que Papai Noel não existe! Porém, e a promessa do ladrão.

A gaita era novinha em folha, cheirando a loja, os metais brancos da guarnição rebrilhando. Certamente caíra do céu ou fora trazida por um daqueles anjos de asas de neve. Entretanto, agora, dominada a surpresa, a lavadeira certificou-se de que muitas outras gaitas iguais havia nas lojas da cidade que ela visitara justamente em busca de um presente barato para o filho. Por isso, a hipótese de tratar-se de um objeto vindo do céu começou a ser afastada; quando muito, podia ser um objeto terreno mesmo posto ali por um ente celestial, um anjo, por exemplo. Aí a lavadeira observou que a gaitinha mostrava no metal branco, no lado que tinha estado em contato com a soleira da porta, umas manchas vermelhas meio peganhentas, eco! imitando sangue, que a lavadeira teve vontade de jogar o objeto fora, mas se lembrou do filho e foi lavá-lo na borda da cisterna, cautelosamente, para evitar que se molhasse o verniz novo. Aí, voltou a pensar no ladrão. Ele tinha prometido dar uma gaita... A lavadeira cautelosamente retornou ao local onde encontrara a gaita e não viu qualquer sinal de sangue, que por estas alturas vinha chegando o filho recém-erguido da cama e sem ao menos pedir bênção à mãe, tomou a gaitinha, sentou-se por ali, pegou a decifrar os segredos do instrumento, ensaiando sons, acomodando o sopro, talvez pensando no velho ladrão, talvez pensando na mãe, em Papai Noel, em anjos, em se tornar um grande músico, em executar uma canção que achava a mais bela de todas, mas não era tão fácil como acreditava domar e dominar o instrumento que resistia e oferecia dificuldades.

É nesse ponto que entra a vizinha dos fundos. Vê o menino com a gaita e fica muita entretida espiando-o decifrar seus mistérios. A lavadeira também se aproxima, pensa em contar à amiga como achou aquilo, mas algo impede: seria o ladrão? Talvez o ladrão tivesse tirado a gaita de alguma janela ali por perto, podia ser até da janela da vizinha, ou de alguma conhecida da vizinha. A vizinha agora sussurrava ao ouvido da lavadeira que haviam matado o ladrão naquela noite. Um tiro no pescoço. A lavadeira ficou espantada e pediu a vizinha que falasse baixo, o menino podia estar ouvindo. A vaga ideia de que fora o ladrão que deixara ali a gaita voltou a brilhar com mais segurança: o sangue, a morte do ladrão, tiros no pescoço. E isso lhe trouxe medo, um temor assim difuso, sensação de insegurança quase tontura. Será que a vizinha não estava espionando? Não estaria ali jogando um verde? Já não a estariam apontando como companheira do ladrão naquele furto da gaita ou de qualquer outro ou de todos os furtos da cidade? Tudo confuso, embrulhado, a não ser o agudo sentido de perigo e de temor. Mas não convinha exasperar-se: por que não admitir que Papai Noel existia e que anjos na noite de Natal são portadores de presentes fabricados em série pela indústria humana! Ao lado a gaitinha continuava soando, tateando o menino a nota exata, o sopro preciso, mas aquilo doía nos ouvidos da lavadeira, parecia-lhe que o menino estava conclamando a cidade inteira para testemunhar o furto de que ela era a comparsa. De repente, sobressaltou-se e exigiu do menino que parasse com aquilo, parasse o toque da gaitinha, ela detestava gaitas, coisa horrível. A vizinha quis interceder pelo menino, que o deixasse, estava tão engraçadinho. A mãe porém estava agressiva, de uma agressividade desconhecida para a vizinha que estranhou, mas deixou pra lá.

De novo entrou na cozinha outra pessoa. Agora, um homem morador também perto. Dizia que sabia que a lavadeira era amiga do ladrão, ele costuma-

va comer aqui, a senhora lavava as roupas dele, e que vinha chamá-la para o enterro. Na verdade fora um tiro. O Delegado teria dito que seus soldados viram um vulto no quintal e dispararam dois tiros contra, podia ser duas horas da madrugada. Arrematou lastimado: – coitado, vamos ver que estava furtando alguma coisa que não valia nada, que o coitadinho sempre foi ladrão muito humilde. O que furtou de mais valor, acabou devolvendo: era a joia de dona Arginusa.
– Mas era um ladrão – rosnou com ferocidade a lavadeira. – E ladrão, só matando.
– Credo, comadre, mas matar um pobre mode uma galinha, mode um trenzinho sem valor! – Sinceramente que a comadre estava desconhecendo a lavadeira naquela manhã, tão nervosa, querendo brigar, sem caridade com o pobre do ladrão que era tão seu amigo! Entretanto, neste momento, com as palavras do homem, a lavadeira já não tinha dúvida. Papai Noel não existia ou se existia não foi ele o portador daquela gaita. A gaita fora posta ali pelo ladrão, tal como prometera. E começava a desconfiar daqueles vizinhos, eles não estavam ali senão para bisbilhotar, para constatar o achado da gaita suja de sangue, isso lhe dava medo, tanto medo, sufocava-se, um suor frio escorria pela espinha, tinha a vida já tão dificultosa, com tantos inimigos querendo fazer mal à gente, com tanta conversinha ocultando intenções maldosas, e agora por cima de tudo aquela complicação por causa de uma besteira, sua fama de ladrona correndo pela cidade, ninguém mais lhe dando roupa para lavar, o filho passando necessidade, motivo de caçoada na escola, os soldados metendo nela a palmatória, tomando a gaita do filho. E porque o ladrão envolveu ela naquilo, meu santo Deus!

O homem convidava a todos para irem ao enterro, mas a lavadeira recusava-se. O que convidava achou aquilo esquisito, pois a lavadeira era amiga do ladrão, aliás, o ladrão não tinha inimizades na cidade. Mas a lavadeira não iria. Afirmava de pedra e cal que não era amiga dele, nunca fora, nunca dos nuncas. Para ela ladrão era muito perigoso, era coisa muito feia, ela tinha filho, não: o Delegado fez muito bem em matar o ladrão. Que matasse todos os ladrões do mundo, matasse todos, mas todos sem deixar um só, nas madrugadas dos dias de Natal.

Nisso o homem fez um sinal para que se calassem e escutassem: lá fora, na rua, retumbavam passos como se fossem soldados correndo sacolejando alguma coisa, talvez seus possantes fuzis negros, os sabres afiados como navalhas, a palmatória com que espancavam os ladrões até que suas mãos virassem bolo sangrento e fétido, como sempre contava o ladrão oficial assassinado. Lá vinham eles para prender a lavadeira e seu filho, perguntar porque lavou o sangue da gaita, perguntar porque não entregou a gaita ao Delegado ou não lhe foi contar que havia sangue na gaita, perguntar, duvidar, perguntar, ameaçar, bater, bater.

– O enterro – murmurou o vizinho. Vocês não vão? – assim dizendo ele e a vizinha dos fundos foram saindo. A lavadeira se dirigiu para a frente da casa, o coração aos pulos, os músculos tremendo na suposição de que fossem soldados que a viessem prender, mas olhando pela frincha da parede meio arruinada reconheceu que era o enterro: quatro homens pobres levando o caixão negro de São Vicente, a que se juntaram naquele momento a vizinha e o vizinho. A lavadeira deu graças a Deus por ser o enterro e não os soldados, sentiu que todo o seu corpo se relaxava da tensão nervosa e só aí ouviu que o filho continuava tocando sua gaitinha. E ela admirou-se muito de que ele já conseguisse encarrear os primeiros compassos da Noite Feliz, tão puro, tão bonito, que por alguns momentos sentiu novamente brotar do mais profundo de seu ser uma ternura enorme, uma ternura avassaladora pelo ladrão oficial que iam enterrar. E começou a chorar. Porque se deixara dominar pelo medo, meu Deus! Que mal haveria em ela ir ao enterro do pobrezinho, justamente ela, talvez a única pessoa que soubesse plenamente do quanto o morto era bom, tinha um coração sensível, de como era ingênuo e sem maldade, de como tudo que acontecia com ele era o resultado de um emaranhado que ninguém conseguiria explicar. Ai, meu Deus.

NOITE DE SÃO LOURENÇO

Você que está de saída para a romaria de Nossa Senhora de Abadia do Tabocal não deixe de ver ali, na porta da igreja que é muito pequena, um cantador famanaz, por nome Chico do Gama, que faz ponto da banda da sombra, se a sombra estiver de cá ou se estiver da banda de lá. No geral, em roda dele junta muita gente, que ele é cantor muito recursado, cantando toada triste ou toada alegre, toada moderna ou de antigamente. De tal forma que até vem gente velha de muito longe só para ouvir uma toada dessas que já ninguém conhece, nem canta mais, de fora de moda, mas que o Chico do Gama ainda conserva na sua recordação.

Não, até que o cantador não é muito velho não, é homem assim de meia-idade, mas seu conservado, pele alva, usa uma barbona ruça que quase mistura com as toeiras da viola, é homem muito sossegado e muito acomodado. O Senhor pode se achegar e pedir com delicadeza para ele fazer o obséquio de cantar a moda de São Lourenço ou a moda da velha Isabela que será atendido no imediato, salvo se por acaso tiver muita gente encomendado cantigas em antes do senhor, que aí ele vai explicar que o senhor carece de ficar esperando uns pares de quarto de hora até chegar a sua vez. Mas ele não esquece nunca um pedido, inda mais quando é para cantar essa moda que é da sua inventiva e conta o caso que assucedeu com a velha Isabela, moradora ali por perto, que se não estou enganado era tia ou talvez mãe dele.

Para que o senhor não se atrapalhe, vou lhe recitar o primeiro verso que é assim:

> Dia de dez de agosto,
> dia de toda, cotela,
> não se pode fazer fogo,
> inda que seja de vela,
> nesse dia que morreu
> a velha dona Isabela.

Pois se dá que já era a segunda vez que as galinhas no poleiro da grande limeira do oitão da casa, naquela noite, faziam seu quiriri.

No oco da noite, a velha percebeu isso e percebeu mais que era um quiriri diferente de todos quantos havia ouvido antes, nas suas muitas e muitas noites de insônia ou de não dormir por esse ou por aquele motivo, em sua vida de si tão pobre de sonhos. Naquela noite, no de repente, sem mais nem menos, as galinhas balbuciavam seu trinado leve e fino, como se fosse a voz que elas usavam em antes de viverem no meio dos homens. Primeiro, trinava uma, depois outra, e por fim o poleiro inteiro. A velha que costurava os marroxos para fazer sua eterna colcha de retalhos, ela de cá ponderou que isso era sinal de mau agouro; quando as galinhas fizessem aquilo pela terceira vez antes da meia-noite, se alguém quisesse ver, era só espiar para o alto da cumeeira da casa, pelo lado de fora. Ela que ia fazer isso? Talvez até fizesse, tal era o terror que lhe infundia essa história que ouvia desde menina pequena, quando morava mais a mãe no paiol desta mesma casona. E se lembrava também do Zureta, um homem alvo, muito risão, que vivia de não fazer nada dessa vida, que pegava a contar um caso muito bonito, mas de repente parecia que esquecia e mudava a história para outro rumo e se a gente perguntasse porque não continua, Zureta, ele ria, ria e saía cantando uma cantiga também que era uma beleza, mas no sufragante já esquecia e esbarrava de repente para voltar a rir com a boca boa, de dentes muito bons.

Também estava comendo, com pouco, parava e ria, ria como se estivesse enxergando uma coisa bonita demais, uma coisa bela demais e aí começa a contar que era um azul muito azul e nele estava assentada uma virgem com os cabelos, mas já agora era a risada, aquela risada mais gostosa, com os olhos brilhando de alegria. Que foi que você viu no telhado, Zureta? Ele parava, fazia um esforço para recordar, parece que ia dizer, mas aí trocava a conversa, tropeçava na história e caía era no riso, no riso mais alegre desse mundo e daí em diante por mais que a gente insistisse, parece que ele não ouvia, parece que a gente estava falando em língua de bugre ou de estrangeiro. E naquela noite, só ela e Deus no velho casarão batido dos ventos noturnos de agosto costurando sua eterna colcha de retalhos, justamente naquela noite de São Lourenço é que vinha ouvir o barulho das galinhas e surgia na sua cabeça aquela lembrança antiga que ela até achava que nem devia mais lembrar, de tão velha, mas a lembrança chegava claramente e claramente ela via a sua mãe pequenininha e curvada com o reumatismo e com a asma chiando no peito. Justamente naquela noite que os filhos e as filhas haviam ido todos para assistir à novena da igreja perto, onde acontecia a romaria de Nossa Senhora da Abadia do Tabocal, e ela ali ficara sozinha; à luz do candeeiro de azeite, cosendo aquela colcha. Ela não ia deitar porque precisava terminar a colcha que principiara fazia muitos e muitos anos. Por que seria que a colcha não rendia, que tinha sempre uma coisa atrapalhando terminá-

-la? Até diziam que colcha de retalho a gente não deve nunca de acabar, porque no dia que a gente acaba uma colcha de retalhos, ela também acaba com a gente. Por isso, naquela noite, a velha não iria deitar senão depois que terminasse a colcha. Desde quando ela a costurava? Virgem, nem sabia do tempo! Como estava suja, como estava encardida de tanto rolar para aqui e para ali. A luz do candeeiro tremia porque lá fora estava ventando demais, mas a velha, sempre que pretendia trabalhar na colcha, perdia-se em recordações. Este retalho aqui, se não se enganava, foi o vestido que fez para o casamento de uma sua amiga... tanto tempo... aquele outro retalho era já de outro vestido para o casamento da filha dessa amiga... E aquele vermelho estampado que fora do vestido de uma dona muito soberba que apareceu por ali e botou os homens de cabeça virada justamente numa quadra de romaria. Romaria de Senhora da Abadia, festa que estava vesperando, pois que aquele dia era dia de São Lourenço e não era por outro motivo que o vento estava ventando tanto, sacudindo a velha casa colocada no alto, num lugar ermo e deserto, em torno do qual não crescia nenhuma árvore, a não ser um esguio e solitário coqueiro guariroba que parece espiava por cima do vale e das pedreiras da cercania. Nesse momento a guariroba gemia, suas camburonas secas batendo soturnamente, ainda faz pouco uma folha seca se desprendeu do alto e tombou em cima do telhado ruidosamente.

À luz da candeia ela costura e pensa na vida de outrora, na casona muito importante morava o velho muito rico, talvez seu pai, com a esposa orgulhosa e os filhos emproados. Ela morava nas casas dos fundos, no paiol, casa de monjolo, entrando uma vez ou outra na casona tão soberba. No entanto, naquela noite, ali estava ela na casona que outrora fora tão importante, sentada ali no tamborete onde outrora a mulher do rico dono da casa também sentava com tanto orgulho e com tanto império. Tudo mudou, tudo passou e hoje lá estava a casona batida pelos ventos, com suas grossas paredes, de telhado muito alto, de muitas portas e janelas que o vento no momento esmurrava e sacudia como se fosse uma pessoa pedindo pousada, ou alma do outro mundo, ou coisa-ruim, que Deus nos livre e guarde. Ao vento, a candeia de azeite treme e se agita nessa noite de São Lourenço, em que o capeta está solto, botando fogo nas coivaras, nesse dia de São Lourenço que não é de bom preceito a gente acender nem uma vela, a não ser na igreja para os santos, mas que a velha tem acesa sua lamparina de azeite que deita uma chama clara como as brasas que assaram o santo na grelha medonha, numa cidade medonha que se chamava Roma e ficava muito longe da romaria de Nossa Senhora da Abadia do Tabocal.

 O silêncio era redondo e profundo no lugarejo calmo e morto. Sobretudo, pairava o resmungo da cachoeira um pouco para cima. Em tempo de seca, a cachoeira aumentava a zoada, com coisa que se encostava mais na casa. Era o rio que minguava, diminuía, bebido pelos ventos de agosto. Também a zoada era mode o vento que demudava de rumo, assoprando da bandinha das chuvas. E o ronco das águas crescia, crescia, vinha pra dentro da casona. Já nas águas, como o rio empolava, engordava, o barulho da cachoeira diminuía, minguava, não se ouvia nada dessa vida. Hoje, pois, a cachoeira estava forte em demasia, certamente obra do tinhoso solto naquela noite de São Lourenço, noite de agouro e de fantasmas, em que pela segunda vez já as galinhas fizeram o seu quiriri. Se elas fizessem pela terceira vez, a velha não resistiria, iria tirar a pesada tranca da porta dos fundos, ia sair para o relento, ia afrontar a ventania poderosa para olhar para riba do telhado, na cumeeira, ver se enxergava a visagem que Zureta dizia que viu numa noite de lua.

 Desde menina que ouvia contar essa história, muito se lembrava do Zureta na sua alvura de pele e na sua alegria inocente de risão, que numa noite viu aquela coisa mais bela do que tudo na vida, aquela coisa que era impossível definir ou revelar, e que Zureta quando ia querendo explicar caía na sua bobeira e como que se dessabia tudo de novo. Medo? Mas medo ela tinha mesmo, sempre tivera medo, mas era um medo esquisito, era um medo que atraía, como dizem que acontece com as águas das cachoeiras ou com os abismos profundos. Hoje, nesta noite ventosa, se as galinhas fizessem seu quiriri pela terceira vez a velha Isabel tinha certeza que nada a deteria: tiraria a tranca que era muito pesada para sua força pouca, abriria a porta que era uma porta imensa, enfrentaria o vento que esmurrava as paredes grossas e procuraria enxergar em riba do telhado a tal coisa que só as galinhas podiam ver e pressentir; hoje não seria como da outra vez, quando eles moravam na beira do rio, e uma filha sua passava muito mal, cuja morreu logo, ela passou mais de cinco noites em claro, o anjinho só gemendo e arroxeando no começo as pontas dos dedos dos pés e das mãos, depois as perninhas e os braços, depois também a barriguinha e as costas; aí, não é que as galinhas anunciaram a visagem a primeira, a segunda e por fim a terceira vez? Ela se encheu de coragem, abriu a porta, saiu no terreiro muito branco pela lua cheia, mas na hora de olhar para riba da cumeeira, sentiu uma coisa ruim por dentro, um medo sem termo tomou conta de seu coração e foi ela fechou os olhos com força, botou a mão nos olhos e voltou para junto do anjinho que já não gemia e tinha no rosto um sorriso de paz.

Mas hoje não seria assim. Agora ela estava velha e o que tinha de ser já tinha sido. Até a colcha de retalhos que vinha costurando fazia tantos e tantos anos, até essa velha colcha agora chegava ao fim e ela arrematava a costura, no último demão. Ah, hoje se as galinhas voltassem a fazer seu quiriri pela terceira vez, nada a seguraria, nada a poderia deter, jurava ali por Nossa Senhora da Abadia do Tabocal ou por São Lourenço, que morreu numa grelha por sobre brasas terríveis, numa cidade muito distante daquela casona batida pelos ventos. São Lourenço e Senhora da Abadia não a abandonassem naquele momento! Dessem-lhe coragem de tirar a tranca, de abrir a porta e de espiar para riba da cumeeira naquele momento que parece as galinhas iam fazer o quiriri pela terceira vez em antes da meia-noite, naquela véspera de São Lourenço.

Neste ponto, você poderá então entender por inteiro a moda do Chico do Gama, que continua sua cantiga e agora está contando:

> A velha Isabela vevia
> na casona dos Chaveiro,
> casa de muita ingrisia,
> casa de muita soberba,
> que também era da velha
> sendo ela da famia.
>
> O povo de Isabela
> foi rezar uma novena
> em casa ficou só ela
> sozinha que dava pena,

naquela casa soberba,
casa de porta e de empena.

Nos altos da madrugada,
quando o povo já voltava,
só viro o fogo mais nada
era tudo uma fogueira,
a casa inteira queimada,
queimava a velha Isabela.

Que em dia de São Lourenço
exige muita cautela,
ninguém pode acender fogo,
inda que fogo de vela
assim findou a coitada,
coitadinha da Isabela.

INÉDITOS
1992

A RESPLANDECENTE PORTA VERDE

Enquanto esperava encontrar chácara para comprar, eu ia lendo as maravilhosas estórias do londrino E. W. Ghoul, sempre sobre fantasmas, assombrações, almas penadas, situações misteriosamente inexplicáveis. Era meado de um dezembro chuvoso, os dias escurosos, de nuvens baixas, um chuvisqueiro permanente que ora se transmudava em chuva pesada, ora uma névoa esfarrapada de mortalha que o vento carregava lenta e melancolicamente, esgarçando-a nos picos de serra ou grimpa de árvore.

Naquela tarde íamos a uma propriedade que o corretor garantia que nos iria agradar e agradar muito. Chegando ao lugar, encontramos uma casa espaçosa, não tão antiga, mas arruinada, assentada num local baixo que as terras altas de redor e a espessa vegetação circundante (e o céu cego e morto), tudo isso tornava mais lôbrega e torva.

– Que sítio é esse? – perguntei ao descer do carro, como que o reconhecendo da infância que por ali vivi.

– Esse é o mangueirão, mais conhecido por chácara do curador, mas faz parte da fazenda da Prata.

– Ah, a Prata! – exclamei, enquanto me assaltavam as mais opressivas emoções. Prata era famosa por ser tida como maldita, onde ninguém prosperava nem vivia feliz, antiga lavra de ouro riquíssima, porém de operação dificultosa, cujo trabalho fez chorar, sofrer, enfermar e matar centenas de escravos sepultados nas extensas e elevadas rumas de cascalho hoje ainda visíveis, embora disfarçadas pelas grandes e copadas árvores que tornaram a crescer sobre tais sepulturas. Todos falavam da Prata com horror e medo. E o curador? Que seria curador? Certamente algum curador de menores donos da propriedade, de alguma viúva ou incapaz juridicamente.

Na casa havia um homem, da família, que nos mostrou a chácara. Entramos pela sala da frente com móveis estragados de enfatuado ar urbano, seguimos por um corredor cujo fim dava para fora, mas no meio do percurso do corredor entramos na cozinha ampla, da qual saímos por uma porta de uma cor verde extravagante, de um brilho intenso como se fora recém-pintada. Aí chegávamos ao pátio, onde se assentavam solidamente estabelecidas algumas enormes mangueiras, de longos e robustos galhos esparramados, agarradas ao solo por raízes que, avançavam terreno afora, quase descobertas de terra, feito cobras ou feito dedos esqueléticos, num gesto ansioso de quem pretendia alcançar algo que fugia.

Fora do sombrio das frondes abria-se o bocejo de uma cisterna inusitadamente grande, as grossas bordas feitas de pedras enfeitadas por verdes avencas e begônias ou plantas próprias de locais úmidos. Desse poço, pelo lançante, o chão era molhado por efeito de algum vazamento d'água.

Saímos minha mulher, eu, o corretor de imóveis com o vigia à frente para ver os arredores, arrostando o mau tempo e a lama. Depois de um pequeno quintal de café veio o cerrado no seu angustiante estertor de troncos e galhos retorcidos em desespero, macabra legião de Laocoontes vegetais e suas serpentes. Conservara-se a flora nativa, da qual sobressaíam pequizeiros, pau-terra de folha miúda, lixeira, mangabeira, pau-santo, bate-caixa, pau-de-colher-de-vaqueiro, bolsa-de-pastor. Os tucaneiros, angicos, pau-d'óleo e outras espécies mais altaneiras adensavam-se na medida que se aproximava do curso cascateante do rio da Prata que corria entre poços e meandros formandos pelos montões de cascalhos lavados pelos Bandeirantes havia mais de dois séculos, por cima dos quais o mato se recompusera.

Aqui, senti-me cansado, uma canseira que me avassalava o entendimento, as carnes doendo de fadiga e enregeladas pela água desprendida das folhas da vegetação. Resolvi voltar para casa, ali esperaria pelos outros que prosseguiam na inspeção.

E foi arrastando-me que penosamente venci o extenso aclive que ia dar no poço, donde certamente vinha aquela água que ensopava a ladeira e atrapalhava meus passos trôpegos. De repente esbarrei na cerca de arame farpado que vedava o pátio e num susto divisei as longas e grossas raízes que velozmente pareciam correr sobre mim, agressivamente, perigosamente, à sombra verdolenga que banhava o pátio de ruínas, num antigo abandono de crianças brincando, casais se abraçando, melancolia embaçada do passado e do presente misturados. A paisagem ondulava mornamente como imagens refletidas em espelho não plano. No fundo da casa de paredes descascadas e enegrecidas resplandecia o verdor da porta que cintilava como se possuísse sua própria luz. Resolvi transpor a cerca, mas ao fazê-lo, cansado como estava, minha meia engarranchou numa das farpas do arame e eu me assentei no chão para desembaraçá-la.

Nessa posição senti alguma coisa estranha, assim como uma tênue sombra se projetasse sobre mim, causada talvez por um ser humano que curvasse sobre minha cabeça; ao mesmo tempo sentia um bafo, um rescaldo, uma emanação quente tal qual se fosse de um corpo animal suarento próximo de minhas costas. Instintivamente virei-me para trás na certeza de enxergar firme no solo úmido e fofo dois pés e duas pernas humanas sustentando um corpo cansado e pingando suor, mas na verdade o que via eram as raízes que lá vinham em disparada rumo a mim, que ameaçavam agarrar-me, enlear-me, talvez estrangular-me. Seguindo-as com o olhar num relance divisei os suberosos e coscorentos troncos de mangueira, as cercas em ruínas, as paredes monstruosas de dor e de feridas nojentas, o fundo da cozinha e lá a odiosa porta verde iluminada de ofuscante luz cintilante, porta que se escancarava e novamente se fechava violentamente nos quícios e gonzos enferrujados.

Seria o vento? Seria um volume, uma pessoa, um animal que por ali entrara nesse momento? Senti o sangue fugir, a pele e os pelos arrepiar, uma secura na boca, tive ímpeto de afastar-me dali correndo apesar da fadiga, mas a razão acudiu-me em tempo. Afinal, não pretendia eu descrer de assombrações, de fantasmas, de alma penada ou não! Não costumava negar outro mundo, outra existência?!

Cautelosamente avancei para a casa, abri a porta cujo verde já não era tão cintilante, entrei na cozinha, segui pelo corredor e fui assentar-me na sala mobiliada com enfatuado gosto urbano, mais calmo, relaxado, momento em que na minha frente, no fim do extenso corredor, na porta que dava para fora, apareceu um vulto, longo espectro flutuante, silhueta recortada no retângulo claro da porta e para quem gritei aflitivamente:

— Quem é você, diga quem é você!

Aproximou-se o vulto que disse ser o irmão do vigia da casa, naquele tom indeciso que sabem assumir os roceiros. Era o irmão do vigia, tinha chegado naquele preciso instante e deixara a bicicleta ali na frente da casa, como se podia ver da sala. Chegara da roça onde capinava e tinha que ir imediatamente para a cidade, tomar o ônibus que passava àquela hora.

– Que horas tem o senhor aí no seu relógio?

Maquinalmente olhei meio estupefato o relógio e respondi.

– Tenho que ir já, – disse ele – Só quero que diga a meu irmão que a mãe lhe mandou dizer para não dormir sozinho aqui. É perigoso, é muito perigoso.

– Mas venha cá – pedi – Diga-me, você não estava ainda agora aí no quintal, não se aproximou de mim e entrou correndo na cozinha?

Um grande espanto, misto de medo e horror, estampou-se na cara do chegante que gaguejou, tossiu e enquanto se afastava ia afirmando que nunca estivera no quintal, que chegara naquele momento e que pela primeira vez na vida estava me vendo. Quando quis saber mais, vi-o na bicicleta, voando por entre o capinzal, rumo à cidade. Também nesse passo chegava minha mulher e os dois acompanhantes. A noite caía assim num repente e minha mulher pedia que partíssemos antes que tombasse a grande tribuzana com que nos ameaçavam as grossas e baixas nuvens que se esfiapavam pelas serras adjacentes como se fossem mortalhas penduradas, silentes e resignadas.

– Você vai ou fica? – perguntou minha mulher ao vigia.

– Vou, sim senhora – respondeu ele sem pestanejar. Minha mãe não gosta que a gente fique aqui sozinho, mesmo que seja de dia. É perigoso, é muito perigoso.

Novamente senti o corpo arrepiar. Eram as mesmas palavras ditas pelo irmão do vigia e que eu não lhe transmitira. Já dentro do automóvel, rolando rumo à cidade na paisagem neutra da noite que chegava e das chuvas que começavam, minha mulher ao meu lado virou-se para trás onde ia sentado o vigia e perguntou quem era esse tão famoso curador: – Seria curador de ausentes, seria curador de incapazes? Seria uma pessoa mandada pelo juiz?

– Não. Não senhora, é curador de coisa malfeita, ele sabia espantar os espíritos maus e os fantasmas. Alguns diziam que era feiticeiro e que matou muita gente e atirou naquela cisterna.

A chuva engrossou, com raios e trovões ininterruptos, a noite só deixou a faixa de luz que os faróis do carro projetavam e o guia terminou soturnamente: – Um dia o mataram também e também o jogaram naquele poço de boca tão grande.

No aconchego morno do quarto, entre lençóis e cobertores sensuais, ouvindo a melopeia da chuva que estalava nas pedras do calçamento, lá fora na rua, tendo ao meu lado a mulher que dorme sossegadamente seu profundo e silencioso sono de justo, entre um e outro cochilão preguiçoso, eu acabava de ler mais um conto terrível desse terrível mister E. W. Ghoul. E entre dormindo e acordado, mais para lá do que pra cá, uma ideia lerda me zumbia revoluteante na cabeça: teria existido a chácara do curador ou tudo não passava de reminiscências dos intrigantes contos do Londrino distante.

CONVERSAS DE VÉSPERA DE ANO-BOM

Íamos cinco passageiros num automóvel, no derradeiro dia do ano, quando um senhor ainda jovem, de óculos, muito magro e opiniático, começou a dizer que a polícia deveria proibir natal e ano-bom.

– Que horror! – dissemos nós cinco.

– Cinco, não, quatro. "Talvez objete o leitor, mas eu reafirmo: – Cinco, sim senhor, que no início só me referi aos passageiros e agora incluo democraticamente o chofer.

– Pois seria uma grande solução, – reafirmava o magricela de óculos. – Os senhores não imaginam como essas festas acarretam males. Olhe aqui. – O homenzinho tirou do bolso uma carteira de apontamentos, folheou e leu: em Goiânia, nesta semana de festas de fim de ano foram cometidos 15 mortes, 10 espancamentos, 3 defloramentos e...

– Ora, ora! – protestou um senhor de gravata, e roupa preta, meio calvo, com um semblante piedoso e compassivo. A impressão que dava era de que estivesse constantemente em velório. – Mortes sempre existem, – prosseguiu. E, de certa maneira, é uma felicidade que os homens morram, pois o mundo já anda muito cheio e além disso, existem maus, maus que só a morte poderá livrar a humanidade de sua convivência deletéria. E não falemos dos doentes, dos aleijados, dos desgostosos, dos velhos demais, dos de amor contrariado, toda uma legião para os quais a morte é a felicidade e a paz. Sinceramente: morramos e morramos logo!

Falara com tal veemência que o silêncio abafou nossas vontades e sentíamo-nos convencidos, perfeitamente convencidos, da necessidade urgente e da utilidade de morrer. Nisso, outra voz se levantou. Era um homem forte, de face plácida e ingênua, gordo e bonacheirão, barba meio crescida, cabelo abundante crescido, roupa boa mas suja e desleixada.

– Rá-rá-rá – ria-se ele com larguesa, deixando saltar na cara dos companheiros detritos do biscoito que comia. Rá-rá-rá! Na minha opinião, nada disso. O mundo anda muito deserto e os homens necessitam de festa, folguedos, alegria. Que deflorem, que gerem filhos! Ficou um momento pensativo e soltou a frase como se fosse o maior achado de sua vida: – Olhe, sinceramente, eu acho que deveria haver um ano-bom cada quatro meses...

– Louco! – gemeu de lá o magricela opiniático. – Então 3 anos-bons durante o ano!

– Eim?! – interrogou assustado o que comia biscoitos. – Não. Então me enganei. Eu quero que haja 4 anos-bons durante o ano. – E mudando de tom, explicou que era encabulado com o número três.

– Quer dizer que teríamos quatro anos-bons! – exclamou autoritariamente furibundo o magricela, que ajuntou: – Isto é, o senhor deseja que haja 60 mortes, 40 espancamentos, 12 defloramentos, 200 furtos durante o ano somente em Goiânia, eim! Isso, no mínimo veja lá!

E tomando do mais sacrossanto furor de manutenção da ordem, prosseguia: – É um absurdo que nesse país só existam dias santos e feriados, todos eles festejados com foguetório, cachaçada, pancadaria, mortes e furtos!! É uma coisa.

Pressentíamos que o homenzinho ia arrazar nossa organização social e nosso lastro cultural nacional, mas em tempo foi interrompido por uma voz muito grossa, meio cansada, com algo de harmônio de igreja, que dizia com uma segurança de mau teatro frases e frases. Voltamo-nos para o titular da voz e identificamos nela um homenzarrão imenso, tão imenso que todos nós admiramos de que houvesse cabido no carro. Vestia um terno de linho claro e, apesar do aperto do cômodo, trazia-o limpo e bem passado; usava gravata nova e estava perfeitamente limpo e bem barbeado, tinha um aspecto de homem bem nutrido e bem tratado apesar dos anos de vida que aparentava. Os olhos estavam resguardados por óculos escuros, o que lhe emprestava um ar misterioso, enquanto o chapéu de aba revirada lhe dava uma aura de excepcional importância. Sua figura respirava segurança, conforto, cuidado com a saúde e com seu bem-estar.

– Qual nada, a vida está muito boa. O que é preciso é que nos apeguemos com Deus e com os homens poderosos, – aqui fez uma pequena pausa, depois da qual corrigiu-se – sim, mais com homens poderosos do que mesmo com Deus, – para que mantenham as coisas como elas estão que nada se mude na face da terra. Atingimos, e eu falo com minha experiência de homem vivido, atingimos o pináculo do progresso e do bem-estar humano. Agora é conservar as coisas como são. Que não se mude uma folha de árvore! Nada disso de conquistar os espaços siderais ou de estender a toda a espécie humana uma pretensa felicidade. Nada, nada. Ora, então a felicidade não será uma decorrência da existência da infelicidade, como a riqueza é o confronto com a carência de bens?

Mais do que o raciocínio lógico, esmagava-nos a maciça serenidade daquela massa de carne bem nutrida e bem instalada no assento e nas roupas de linho. Por isso, houve um susto coletivo quando o chofer anunciou:

– Pronto, seu Delegado, chegamos.

A palavra delegado é sempre incômoda: quem não tem seu malfeito nesse mundo? Ante ela movimentamo-nos para saber quem seria o guardião da ordem dentre os detentores de tão disparatadas ideias.

Opiniaticamente saltou do carro o magríssimo portador de óculos que à guisa de despedida nos dirigiu antes uma ordem de comando: – abaixo o ano-bom.

Novamente o carro movimentou-se e a discussão pretendia recomeçar, quando o chofer indagou: – agora quem salta?

Quem saltou foi o homem com semblante de velório que se despediu com uma formal e convencional atitude de compadecimento. Acompanhei-o com o olhar até que entrou numa porta, por cima da qual estava escrito em negros caracteres esta frase: *Empresa Funerária "Descanso eterno"*. Por baixo, em caracteres verdes: "Presteza e seriedade".

O carro arrancou novamente. Ao meu lado o homem gordo e bem-vestido prosseguiu sua propaganda pela conservação do *status quo*, até que também saltou diante de um grande e confortável hotel, em cujo "hall" penetrou com uma intimidade de velho morador.

– Quem é? – interroguei ao passageiro que ficara comigo.

– Ah, não conhece! É o general Xisto, aposentado, sem filhos, dono de duas fábricas, 5 casas comerciais e outras bugigangas. Dizem que matou a velha esposa para se casar com uma menina de 16 anos... – Não pôde dizer mais porque o chofer sem parar de todo o carro ordenou que o informante descesse e descesse logo.

– Feliz natal, feliz ano-novo, feliz reis! – exclamava o meu ex-companheiro de pé na rua, fazendo curvatura e mais curvatura, enquanto os pedacinhos de biscoito que ainda comia voavam longe, muito longe mesmo.

De cá eu pensava que o comedor de biscoito seria algum guarda-livros, porque essa gente é que no fim do ano ganha bastante dinheiro para ajeitar as tramoias dos comerciantes e industriais, mas a voz do chofer informou:

– É um vagabundo, é um sujeito sórdido...

– Quem? – perguntei.

– Esse comedor de biscoito, – explicou o chofer, mas tem um coração de ouro!

– Epa, espere aí, – gritei ao chofer. Minha casa ficou para trás com essa sua conversa.

BIOGRAFIA

Bernardo Élis Fleury de Campos Curado nasceu em Corumbá de Goiás, em 15 de novembro de 1915, filho do poeta Érico José Curado e de Marieta Fleury Curado. Estudou as primeiras letras em casa, com os pais; fez o curso ginasial no Liceu de Goiás, na antiga capital do estado; o curso de Direito em Goiânia. Iniciou-se na carreira pública como secretário da Prefeitura Municipal de Goiânia, exercendo por duas vezes as funções de prefeito da Capital. Foi professor da Escola Técnica Federal de Goiânia e de colégios de ensino público. Advogou nos foros de Goiânia, Anápolis, Inhumas e outras cidades goianas. Participa ativamente da vida literária de Goiás, desde 1934, fundando e dirigindo órgãos culturais, como a Associação Brasileira de Escritores (ABDE, hoje UBE), a Academia Goiana de Letras, o Instituto Histórico e Geográfico de Goiás, tornando-se, com a publicação de *Ermos e gerais*, em 1944, o mais importante nome da literatura no Brasil Central. Em 1964, era vice-diretor e professor do Centro de Estudos Brasileiros, da Universidade Federal de Goiás, organizado por Gilberto Mendonça Teles e fechado pela revolução militar daquele ano. Participou de vários congressos, fez inúmeras conferências e recebeu e continua a receber homenagens, como a mais recente na comemoração dos cinquenta anos da publicação de seu primeiro livro. Nos últimos anos foi assessor cultural nos Escritórios de Representação do Estado de Goiás no Rio de Janeiro e em Brasília, exercendo ainda a função de diretor adjunto do Instituto Nacional do Livro, em Brasília. Foi membro do Conselho Federal de Cultura e do Conselho Estadual de Cultura de Goiás. Além da Academia Goiana, pertenceu à Academia Brasiliense de Letras e à Academia Brasileira de Letras, onde ocupou a cadeira no 1, desde 1975, sendo o primeiro goiano a ingressar na Casa de Machado de Assis. Recebeu a insígnia e o diploma da Ordem do Rio Branco, no grau de Grande Oficial. Morreu em 30 de novembro de 1997, em Corumbá de Goiás.

BIBLIOGRAFIA

OBRAS DO AUTOR

1. Contos

Ermos e gerais. São Paulo, Bolsa de Publicações, Hugo de Carvalho Ramos, 1944; 2. ed., Goiânia: OIO, 1955. Prêmio Prefeitura Municipal de Goiânia, 1942.

Caminhos e descaminhos. Goiânia: Brasil Central, 1965. Prêmio Afonso Arinos da Academia Brasileira de Letras, 1967.

Veranico de janeiro. Rio de Janeiro: José Olympio, 1966. Prêmio José Lins do Rego da José Olympio, 1965. Prêmio Jabuti da Câmara Brasileira do Livro, 1967; 2. ed., rev. e aum. Rio de Janeiro: José Olympio/INL, 1976; 3. ed., Rio de Janeiro: José Olympio, 1978; 4. ed., Rio de Janeiro/Brasília: José Olympio, 1979. Nota de Herman Lima.

Caminhos dos gerais. Rio de Janeiro: Civilização Brasileira, 1975; 2. ed., aum., Rio de Janeiro/Goiânia: Civilização Brasileira Universidade Federal de Goiás, 1982. Notas da Profa Moema C. S. Olival.

André Louco. Rio de Janeiro: José Olympio, 1978.

Apenas um violão. Rio de Janeiro: Nova Fronteira, 1984.

Dez contos escolhidos. Brasília: Horizonte, 1985.

2. Romances

O tronco. São Paulo: Martins, 1956; 2. ed., refundida, Rio de Janeiro: José Olympio, 1967. Prêmio Jabuti da Câmara Brasileira do Livro, 1968; 3. ed., Rio de Janeiro: José Olympio: Civilização Brasileira: Três, 1974 (Coleção Literatura Contemporânea); 4. ed., São Paulo: Círculo do Livro/Abril, 1974;

5. ed., Rio de Janeiro/Brasília, José Olympio/INL, 1977; 6. ed., Rio de Janeiro: José Olympio, 1979.

A terra e as carabinas. Em *Obra reunida de Bernardo Élis.* Rio de Janeiro: José Olympio, 1987. (Coleção Alma de Goiás).

Chegou o governador. Rio de Janeiro: José Olympio, 1987.

3. Poesia

Primeira chuva. Goiânia: Escola Técnica Industrial, 1955; 2. ed., Goiânia: Instituto Rio Branco, 1971.

4. Crônica

Jeca Jica – Jica Jeca. Goiânia: Cultura Goiana, 1986.

5. Ensaios

Marechal Xavier Curado, criador do Exército Nacional. Goiânia: Gráfica Oriente, 1973. Prêmio Sesquicentenário da Independência do Brasil, 1972.

Vila Boa de Goiás. Aspectos turístico-históricos. Desenhos de Tom Maia e legendas de Theresa R. C. Maia. São Paulo/Rio: Nacional/Embratur, 1979.

Goiás. Estudos Sociais (1º Grau). Rio de Janeiro: Bloch, 1976. (Coleção Nosso Brasil).

Os enigmas de Bartolomeu Antônio Cordovil. Bibliografia seguida de antologia do primeiro poeta goiano do Brasil-Colônia. Goiânia: Oriente, 1980.

Vila Boa de Goiás. Álbum fotográfico, texto de Bernardo Élis. Rio de Janeiro: Berlendis & Vertechia Editores, 1978.

Goiás em sol maior. Estudos de história, sociologia e literatura sobre Goiás. Goiânia: Poligráfica, 1985.

O Centro-oeste. Álbum de pintura com obras inéditas de A. Poteiro, Omar Souto, A. Espíndola e Siron Franco, com apresentação de Bernardo Élis, patrocinado pelo Banco Francês e Brasileiro S.A. Rio de Janeiro: Colorama, 1986.

6. Discursos

Cadeira um. Discursos da Academia Brasileira de Letras: Bernardo Élis (posse) e Aurélio Buarque de Holanda Ferreira (recepção). Rio de Janeiro: Cátedra, 1983.

Duo em si menor. Discursos na Academia Brasiliense de Letras, Fundação da Cadeira no 3: Herberto Sales (posse) e Bernardo Élis (recepção). Brasília: Horizonte, 1983.

7. Obras Reunidas

Obra reunida de Bernardo Élis. Rio de Janeiro: José Olympio, 1987. (Coleção Alma de Goiás); em 5 volumes, com:

I – *Ermos e gerais, Caminhos e descaminhos e Veranico de janeiro* (Contos).

II – *O tronco* e *A terra e as carabinas* (Romances).

III – *Apenas um violão* e *Contos esparsos* (Contos); e *Chegou o governador* (Romance).

IV – *Goiás em sol maior e Lucro e/ou Logro* (Ensaios); e *Jeca Jica – Jica Jeca* (Crônicas).

V – *Os enigmas de Bartolomeu Antônio Cordovil e Marechal Xavier Curado, criador do Exército Nacional* (Ensaios); *Primeira chuva* (Poesia); e *Discursos*.

8. Antologias

Seleta de Bernardo Élis. Org. de Gilberto Mendonça Teles; estudos e notas do

Prof. Evanildo Bechara. Rio de Janeiro/Brasília: José Olympio/INL, 1974; 2. ed., Rio de Janeiro: José Olympio, 1976.

Presença literária de Bernardo Élis. Antologia. Organização de Nelly Alves de Almeida. Goiânia: UFG, 1970.

A Posse da terra: escritores brasileiros hoje. Perfis biobibliográficos e fragmentos antológicos de autores da atualidade. Coedição Imprensa Nacional/Casa da Moeda de Portugal e Secretaria de Cultura de São Paulo, Brasil. Lisboa, Sociedade Industrial: Gráfica Telles da Silva, 1985.

Bernardo Élis. Seleção de textos, notas, estudos biográfico, histórico e crítico e exercícios por Benjamim Abdala Jr. São Paulo: Abril Educação, 1983.

Melhores contos Bernardo Élis. Seleção de Gilberto Mendonça Teles. São Paulo: Global, 1994.

9. Antologias em que aparecem contos de Bernardo Élis

Antologia de contos. Org. de Graciliano Ramos. Rio de Janeiro: C. E. B., 1957. v. III.

Maravilhas do conto moderno brasileiro. Org. de Diaulas Riedel. São Paulo: Cultrix, 1958.

Contos e lendas de Goiás e Mato Grosso. São Paulo: Cultrix, 1958.

A selva e o Pantanal. São Paulo: Cultrix, 1959.

Antologia dos contos brasileiros. Org. de Esdras Nascimento. Rio de Janeiro: Júpiter, 1964.

O Conto brasileiro contemporâneo. Org. de Alfredo Bosi. São Paulo: Cultrix, 1978.

Antologia do conto goiano – I. Org. de Miguel Jorge et al., Goiânia: s/ed., 1969.

Antologia do conto goiano. Org. de Darcy França Denófrio e Vera Tietzmamm.

Goiânia: UFG, 1982.

A palavra é... Natal. Org. de Manoel da Cunha Pereira. São Paulo: Scipione, 1991.

Antologia do conto brasileiro, do romantismo ao modernismo. Org. de Douglas Tufano. São Paulo: Moderna, 1994.

10. Traduções

Antologia de contos brasileiros. Trad. para o alemão por Kurt Mayer Classon. Alemanha Ocidental, 1967.

Short Story International. Trad. para o inglês do conto "Ontem, como hoje, como amanhã, como depois", por Silas Curado. New York: International Cultural Exchange, 1979.

Der Lauf der Sonne in den Gemassigten Zone. St. Gallen: Diá, 1991.

OBRAS SOBRE O AUTOR

1. Cinema e Televisão

Ermos e gerais, curta-metragem sobre a vida e a obra de Bernardo Élis, feito pelo MEC, em 1976.

Ermos e gerais, documentário em curta-metragem feito por Carlos Dei Pino, em 1977.

A enxada, curta-metragem da série "Caso Especial", da TV Globo. Deveria ser exibido na noite de 8/11/1978, mas foi impedido pela censura política.

Índia, a filha do sol, filme produzido por Filmes do Triângulo Ltda., sob a direção de Fábio Barreto. Longa-metragem, em 1981.

40 anos de Ermos e gerais, documentário para televisão, feito por Hamilton Carneiro, em 1981.

Camélia, longa-metragem feito por Carlo Del Pino, em 1987.

Documentário para a UNB, por Geraldo Moraes e Lionel Luccini, em 1988.

Bernardo Élis, documentário feito pelo Cerne, em 1988.

André Louco, curta-metragem por Rosa Berardo, em 1988.

Bernardo Élis Fleury de Campos Curado, curta-metragem de PX Silveira, em 1994.